처녀비행

처녀비행

초판 1쇄 찍은 날 § 2004년 5월 25일
초판 1쇄 펴낸 날 § 2004년 6월 5일

지은이 § 하루美
펴낸이 § 서경석

편집장 § 문혜영
편집 및 디자인 § 김희정 · 김민정
그　림 § 김상옥
마케팅 § 정필 · 강양원 · 이선구 · 김규진 · 홍현경

펴낸곳 § 도서출판 청어람
등록번호 § 제1081-1-89호
등록일자 § 1999. 5. 31
어람번호 § 제3-0028호

주소 § 경기도 부천시 원미구 심곡1동 350-1 남성B/D 3F (우) 420-011
전화 § 032-656-4452　팩스 § 032-656-4453
http://www.chungeoram.com
E-mail § eoram99@chollian.net

ⓒ 하루美, 2004

ISBN 89-5831-102-9 03810

처녀비행

|하루美 지음|

도서출판
청어람

Contents

Sexy Comedy

장마의 끝

prologue

끝이라 해놓고도 정말 끝내기는 아쉬운가 보다. 장마는 이제 끝이라 했는데 비는 그칠 줄 모르고 내렸다. 아침만 해도 말짱했 던 하늘이 순식간에 파랗게 질려오더니 오후 내내 비를 뿌리고 있다. 그리고 재미없게 생긴 교수의 따분하기 짝이 없는 수업도 지칠 줄 모르고 계속되고 있다.

지휘의 자리는 오늘도 비어 있다. 맑은 아침 하늘을 보며 나는 안심하고 우산을 놓고 나왔는데 지휘는 일기예보를 잘도 챙기나 보다. 오늘도 결석이다. 비가 오면 절대 집 밖으로 나오지 않으니 당연한 일이다. 그래 나는 비가 싫다. 지휘가 없으면 심심하니까……

  남은 강의 시간 동안 눈을 좀 붙여볼까, 교수가 뒤돌아 서 있을 때 슬그머니 도망 나갈까 고민하고 있는데 문자가 왔다.

  [오늘 날씨는 소영이를 닮았네!!]
  [5시에 레드독에서 보자.]

  남자친구였다. 사랑이었는지는 헤어져 봐야 안다는 지휘의 말만 믿고 남자친구의 대시를 받아들였다. 좋았던 날도 행복했던 순간도 있었다. 하지만 대체적으로는 평이했고 사랑이라는 말의 의미는 점점 모호해져 버린 채 200일이 지났다.

  [날씨가 변덕스럽다는 말을 하고 싶은 거겠지.]
  [그래 5시에 레드독에서 보자.]

  지휘는 나의 소꿉친구다. 지휘 부모님과 나의 부모님은 함께 결혼식을 올리고 신혼여행까지 함께 가실 만큼 절친한 친구들이었다. 그래 자연히 나와 지휘가 그 우정을 물려받았다. 우리 부모님들은 함께 노력해서(?) 허니문 베이비를 만들고 같은 날에 아이를 낳아 쌍둥이처럼 잘 키워보자고 약속하셨다.

그런 것이 노력으로 되는 것인지는 잘 모르겠지만, 어쨌든 지휘와 나는 허니문 베이비로 세상에 나왔다. 다만 세상의 모든 일들이 계획대로 진행될 수 없다는 것을 우리의 철없는 부모님들에게 알려주기라도 하듯 우리는 같은 날 만들어졌지만 세상에는 내가 먼저 나오게 되었다. 덕분에 나는 어린 시절 지휘에게서 누나라는 말을 듣기도 했고…….

부모님들은 우리를 정말 쌍둥이처럼 키웠기 때문에 나와 지휘는 종종 부모님을 구분 못할 때도 있었다. 우리 부모님들은 하늘의 뜻과 상관없이 계획 짜는 일을 무척 좋아하시는데, 더 이상 아이를 낳지 말고 지휘와 내가 세상에 둘도 없는 남매로 자라게 하자라는 약속 또한 계획대로 잘 지키셨다.

형제는 하늘이 피로 맺어준 친구이고 친구는 인간의 의지로 만들어진 형제라는 말을 우리는 무색하게 만들었다. 우리는 하늘의 뜻과 인간의 의지로 만들어진 형제 같은 친구이며 친구 같은 형제인 것이다.

물론 싸우기도 많이 했다. 지휘는 현실적인 감각을 휴지통에 처박아 버리고 머리에는 온통 나를 골탕 먹일 생각밖에 없는 아이고, 지휘의 말에 의하면 나는 세상이 나를 중심으로 돌아가는 줄 알고 내 생각이 진실이라 믿는 아이이기 때문에 충돌은 피할 수 없었다.

우리가 워낙 허물없이 자라온 탓에 격식이라든지 가식이 있을 수 없는 사이라는 것도 충돌을 부추기는 원인이 되었다. 하지만 지휘는 나에게 절대 거짓말을 하지 않는다. 그래 나는 지휘의 말이라면 무조건 믿는다. 그것이 우리 우정의 밑천이 되었고 그렇게 우리는 때로는 내가 누나처럼 그리고 가끔 지휘가 오빠처럼 23년을 보낸 것이다.

결국 강의실에서 남은 시간을 다 보내고 레드독에 도착했을 때는 이미 5시를 넘긴 시간이었다. 성격은 기이하고 얼굴은 형편없이 못났지만 인내심만큼은 누구보다 뛰어난 내 남자친구는 흐느적거리는 알앤비에 맞춰 몸을 건들거리며 취해 있었다.

나는 남자친구에게 다가가며 생각했다. 사실 우리에게는 술과 음악을 좋아한다는 공통점밖에는 달리 비슷한 점이 없다고. 순간 지휘의 잔소리가 환청처럼 들려왔다.

"사랑은 다른 분모와 같은 분자를 가졌을 때 가능한 거야. 처음부터 분모가 같으면 최소 공배수를 할 필요가 없잖아. 그러다 분자가 다른 걸 알게 될 때쯤이면 그걸 성격 차이라고 해버리거든. 그런데 분모가 다르면 통분을 하기 위해 부단히 노력하게 되고

12

그러다 하나가 되는 것이지."

　하지만 이번에는 지휘가 틀렸다. 남자친구가 내게 좋은 오빠, 동생으로 지내자고 말을 한 것이다. 우리에게는 공유할 수 있는 게 없다는 것을 알았다나?! 지금 남자친구에게 차였다는 사실을 깨닫기에는 내가 너무나 아무렇지도 않다는 생각이 들었다.

　"네가 차였다는 생각은 하지 마! 사실 서로 느끼고 있었잖아. 우리가 점점 식어가고 있다는 거 말야. 다만 내가 오늘 술을 마셨기 때문에 먼저 이야기할 수 있었던 거지. 네가 보통 여자들처럼 차였느니 찼느니 그 의미없는 사실로 끙끙거리지 않을 걸 아니까 나도 편하게 얘기하는 거야."

　"그래, 뭐… 그런 사실조차 한 달 정도 지나면 가물가물해질 텐데, 상관없어."

　"…어째 기분이 좀 그렇다."

　내가 알고 싶은 건 이제 우리는 헤어졌고, 지휘 말대로라면 이제부터 사랑 여부를 알 수 있다는 거뿐이야 라는 말은 차마 하지 못했다.

　촉촉하게 물기를 머금고 흐릿하게 파고드는 불빛이 수줍게 번지고 있다. 그칠 줄 모르고 내리던 비가 시치미 떼듯 뚝 그쳐 버린 것이다. 어항 속에 모빌을 담가놓은 것처럼 비 갠 후의 공기는 사람을 설레이게 하는 데가 있다.

촉촉하게 젖어드는 느낌 때문에 음악 소리도 술 맛도 더욱 깊어졌다. 그래 나는 오늘도 주량을 넘기고 취해 버렸다.

남자친구는 술집을 나와 내게 손을 흔들었다. 이제 우리는 남남이니 집 앞까지 바래다 주는 것은 조금 어색할 수 있다는 이유였나 보다. 세상의 모든 관계들이 이런 것일까……. 무엇이 관계가 이루어지게 하는 것일까. 무엇이 남자친구이고 여자친구이고, 오빠이고 동생이게 하는 것일까.

술기운에 젖은 사고들이 거침없이 올라오고 있을 즈음 누군가 내 뒤에 있다는 느낌이 들었다. 남자친구와 이별한 지 한 시간도 지나지 않았는데 벌써 남자가 붙다니, 역시 나는 통하는 얼굴인가 보다. 자부심까지 느끼며 뒤를 돌아보는 순간 휘리릭~ 하고 담으로 숨어버리는 그림자.

'아니, 이게 뭐지?'

남자친구였다. 첩보 영화를 좋아하는 것은 알았지만 무슨 작전을 펼치고 있는 거야?

조금씩 발걸음을 옮기고 있을 즈음, 가로등 불빛에 그늘져 길게 늘어나는 남자친구의 그림자를 보았다. 그와 내 간격이 멀어질수록 그림자는 더욱 내게 다가오고 있었다. 내가 집 앞에 닿을 때까지… 남자친구는 그렇게 나를 지켜보고 있었다. 책임감이 강한 남자였구나…….

남자친구가 멀어지는 것을 느끼며 초인종을 눌렀다.

'어라, 왜 반응이 없지?

그러고 보니 집 안이 이상하다. 엄마가 TV를 켜놓고 졸고 있어야 할 시간이 아닌가? 왜 불빛이 없담. 또 이 부부가 하나밖에 없는 딸을 버리고 주말 여행을 떠났구나라 생각하는 것은 어려운 추측이 아니었다.

열쇠라도 놓고 갈 것이지 딸에게 매번 벽 타기를 시키다니…….

나는 굽이굽이 펼쳐진 골목길을 돌아 지휘의 집으로 향했다. 아스라이 거리를 비추고 있는 가로등이 켜졌다 꺼졌다 하며 나의 자취를 일러주고 있었다. 오늘 이소영은 남자친구에게 차였다…….

그러나 나는 아직 아무것도 느끼지 못했다. 그것은 아직 '사실'로만 존재하고 있을 뿐이었다. 어느 때 내 몸이 나에게 말을 해줄지도 모르겠다. 그것은 사랑이었어, 사랑이 아니었어…….

이별이라는 사실이 내 몸도 느낄 수 있는 그 무엇으로 변할 때까지 나는 기다려야 할 것이다.

'어라, 웬일로 문이 닫혀 있을까? 설마 잠그지는 않았겠지?

나는 굳게 닫힌 지휘 방의 창문을 걱정스럽게 바라보았다. 2층에 자리하고 있는 지휘의 방은 10년 경력의 벽 타기 선수인 나에게도 조금 무리가 따르는 것이었다.

하지만 다른 선택은 있을 수 없었다. 그냥 오르는 수밖에. 나는 어깨에 메고 있는 가방을 고쳐 멨다. 그리고는 담에 설치된 도시가스 파이프를 이용해 벽을 타기 시작했다.

끄응~

넌 누구냐?

복면을 벗어라.

이대로 죽여라. 네놈에게 내 정체를 밝힐 수는 없다.

어서 나를 찔러라.

거칠게 뛰고 있는 내 심장을 찔러라.

내 수십 년 동안 너의 뒤를 밟으며 이 시간을 기다려 왔거늘 …!

몸을 부들부들 떨며 꿈에서 빠져나오려고 안간힘을 쓰는 지휘에게 최고로 한심하다는 표정을 보여주었다. 복학생 주제에 비가 온다는 이유로 수업 땡땡이 치고 하루 종일 방구석에 처박혀 있던 놈이 종일토록 꾼 꿈이란 게 쾌걸 조로라니…….

"내가 그렇게 무섭냐, 너는?"

"여태 뭐 들었어? 네가 무서운 게 아니라 네가 여자였다는 사실에 놀라 휘청했고, 그 틈을 노리고 네가… 야, 그런데 너는 왜 그렇게 촌스러운 브라를 차냐."

"그걸 니가 어떻게 알아?"

"너 아직도 중학교 때처럼 주니어 브라 하는 거 아냐?"

"이런 사이즈 찾기 힘들단 말야. 거참, 우리 나라는 정말 소수 계층을 너무 무시한단 말이지……."

"너 정도면 소수 계층이 아니라 특수 계층이지… 요즘에는 하이테크 기능성 브래지어 같은 것도 있잖냐. 것 좀 바꿔라. 친구가 봐도 흉측하더라……."

"뭐냐~ 너, 쾌걸 조로 꿈 뻥이지? 이 자식… 이거이거 아직도 야한 꿈 꾸면서……."

"꾸면서 뭐? 야, 상상도 하지 마. 내가 정신 나갔냐. 너를 상대로 그런 꿈을 꾸게."

나는 지휘의 침대 속으로 파고들었다. 발끝부터 따뜻한 느낌이 올라와 기분이 좋아지는 것이······.

"나 오늘 채였어. 그런데 니 말 그거 거짓이더라··· 헤어졌는데 아직도 모르겠어. 사랑이었는지 아니었는지······."

조심스레 심각해지려는 표정으로 지휘가 물었다.

"왜 헤어졌는데?"

"남녀 사이에 한마디로 설명 가능한 일이 어디 있더냐··· 피곤하다. 내일 얘기하자. 불 꺼."

지휘는 불을 끄고 침대 위로 올라와 내 옆에 누웠다. 딱히 우리가 침대 위에서 내외하는 사이는 아니었지만 그래도 언젠가부터 지휘는 내게 침대를 양보하기 시작했고, 거실에서 함께 구르다 잠드는 밤이 아니면 우리가 나란히 눕는 일은 거의 없어지고 있었다.

그런데 오늘은 다정한 오빠처럼 곁에서 내 마음을 달래주어야 한다는 생각이 들었나 보다. 아니면 묘한 밤 기운이 지휘의 본능을 건드려 슬슬 침대 위로 올려놓았는지도······.

"너 또 성질 피우며 막말로 헤어지자고 했구나··· 여자들 거 툭 하면 헤어지자는 말을 무슨 무기처럼 사용하는데··· 임마! 헤어지자는 말은 딱 한 번만 하는 거야."

"진짜 헤어질 때!"

얼굴까지 이불을 뒤집어쓰고 있던 내가 빠끔히 얼굴을 내밀고 말했다.

"차였구나?"

"최소 공배수로 통분이 안 되었나 봐."

"수학에 약한가 보네······."

지휘는 조금 걱정스런 표정으로 특유의 밋밋한 미소를 지었다. 가장 가까운 사람으로서 무엇인가 위로의 말을 던져야 한다는 의무감을 느꼈을 때 나오는 웃음이다.

나는 지휘에게 '나는 됐어, 아무렇지도 않으니까 신경 쓰지 마. 그냥 잠이나 좀 자자' 하는 눈빛을 보냈다.

"그래, 잠이나 자자."

지휘가 내 얼굴 위로 이불을 뒤집어씌우며 말했다.

책임지라는 말 하지 않을게!

섹스는 본능을 따라 움직이는 거야. 사랑 따라 움직이는 게 아니라구.
물론 사랑이 있다면 그건 정말 맛있는 디저트가 되어주겠지. 전체 음
식을 확실하게 장식해 주는… 하지만 남자들이 디저트 좋아하는 거 봤
어? 감정없는 섹스도 그 자체로 훌륭할 수 있다구. 물론 나는 감정으
로도 소통하는 섹스를 지향하지만……

the first day

책임지라는 말 하지 않을게!

아침 햇살이 유리창을 깨고 들어와 내 뺨을 간질였다. 헤어진 다음날, 힘겹게 눈을 뜨니 천장은 코앞에 닿아 있고 숨이 막혀 그대로 다시 눈을 감고 싶을 것이라 생각했다. 나를 보며 이것저것 떠들어대는 지휘의 목소리와 새들이 지저귀는 소리, 창문을 두드리는 빗소리와 엄마의 경쾌한 웃음소리, 그리고 교수의 잔소리까지 세상의 모든 소리를 연결하는 전원이 꺼져 버린 것처럼 아무것도 들리지 않을 줄 알았다.

하지만 이별은 아주 단순하게 모습을 드러냈다. 서로의 스케줄을 맞추며 약속을 잡아야 하는 아침나절의 전화도 오지 않았고, 세수하고 이 닦고 아침 먹으라는 둥 강의 빠지지 말라는 둥 밤늦게까지 지휘와 어울리지 말라는 둥의 잔소리를 듣지 않아도 되었다.

"야~ 신난다!!"

기지개를 켜며 고함을 지르는 나를 보고 지휘는 영문을 모르겠다는 얼굴이다.

"오늘도 비가 오는데……."

"그럼 나도 학교 가지 않을래. 하루 종일 방바닥을 누비며 피자도 시켜 먹고 만화책도 보고 또 수다도 맘껏 떨다가 졸리면 눈을 감고 배고프면 치킨이나 시켜 먹고 그럴래… 그러자… 우리 그렇게 하자."

"좋아!"

"오늘 나 머리도 감지 않을래."

"세수도 하지 마!"

큭큭거리며 우리는 동시에 웃음을 터뜨렸다. 분명 지휘도 그날의 기억을 떠올린 것이다.

고등학교 1학년 개교 기념일이었다. 지휘의 부모님께서 울산 큰집에 내려가시며 우리에게 집을 지키라는 당부를 남기신 것이다. 중간고사도 다가오니 다른 짓 벌일 생각 하지 말고 얌전한 고양이처럼 지내라는 것이었다. 하지만 갓 고등학교에 입학한 우리에게는 앞으로 수많은 시험들이 기다리고 있었기에… 지휘와 나는 절호의 찬스를 놓치지 말자고 마음을 맞춘 상태였다.

그러나 인생이란 늘 그렇듯이…

기회를 제대로 사용하기란 기회를 만드는 것보다 더 어려운 법이다. 집에 둘이 남게 된 지휘와 나는 개교 기념일이라는 공짜 표를 어떻게 사용해야 할 것인가라는 고민만으로도 끙끙댔다.

막상 둘만의 세상이 시작되니 부모님이 안 계신다 한들 몰래하고 싶었던 특별한 일이란 것도 없었거니와 시험 공부가 하기싫었다면 도서실을 핑계 삼아 심야 영화라도 즐길 수 있는 그저그렇게 평범한 하루에 불과하다는 사실을 미처 깨닫지 못했던 것이다.

결국 우리는 만화책을 산더미처럼 쌓아놓고 소파와 거실 바닥을 누비며 반나절을 보냈고 그 빈둥거림으로도 부족해 세상에서가장 평범한 낮잠에 빠지게 되었다.

한낮의 햇살이 우리를 처량 맞게 비추고 있을 때였다.

"이소영~ 전화 받아."

전화가 울리자 소파에 한쪽 다리를 올려놓고 자던 지휘가 나를 깨웠지만 나는 꿈쩍하지 않았다.

"이소영~ 전화 좀 받아."

"나한테 전화 올 때 없어!"

"그야… 당연하지 우리 집이니까… 그래도 니가 좀 받아."

내가 드르렁드르렁 코 고는 흉내를 내자 지휘는 궁시렁대며 전화를 받았다.

'그런데 이상하다. 수화기를 들었는데 왜 벨이 계속 울리지… 꿈인가?'

잠시 후 벨이 멈추었을 때 지휘가 인터폰을 받고 있다는 느낌이 들었다. 인터폰이 왔다는 것은 귀찮은 일이 발생할지도 모른다는 것이다. 나는 잠을 재촉하였다.

"이소영! 욕실에 물 좀 받아라……."

대답할 리가 없다. 나는 이미 잠들었으니까.

"4시에서 8시까지 단수래. 5시부터는 복도 페인트 칠 때문에 문을 봉쇄하니까 밖으로 나갈 수도 없대… 야, 이소영! 너 씻어야 할 거 아냐? 듣고 있는 거야?"

듣고 있을 리가 없다. 나는 이미 꿈을 꾸고 있으니까.

작열하는 태양 아래 모래 바람이 끊임없이 불어오는 사막에서 한참 헤매고 있는 꿈을 꾸었다. 나는 숨을 헐떡이며 이내 꿈에서 빠져나오고 말았다. 갈증이 나서 더는 잠을 잘 수가 없었던 것이다. 눈을 뜨니 베란다의 넓은 창을 통해 한 줌의 햇살도 빠짐없이 집 안으로 들어오고 있었다. 나는 오아시스를 찾듯 냉장고를 열어 시원한 생수를 벌컥벌컥 단숨에 마셨다.

"야, 투덜이. 일어나. 밥 먹자!"

꼼짝도 하지 않는 지휘의 엉덩이를 질끈 밟고 올라섰다.

"아아~ 왜 그래."

"일어나!"

"싫어."

"후회할 텐데……."

구원의 기회를 거절해 버린 지휘를 안타깝게 바라보며 두 손을 가지런히 모았다. 그리고는 있는 힘껏 지휘의 엉덩이에 내리꽂았다.

"으아아아악~"

지휘는 비명을 지르며 두 손으로 엉덩이를 부여잡고 제 방으로 들어갔다. 아마 그 정도의 고통이라면 10분 이내 문을 박차고 나올 것이다. 나는 승리의 미소를 띠고 식탁 위에 놓인 바게트를 하나 집어 먹으며 화장실로 향했다. 변기 위에 앉아서 시급한 문제부터 해결할 심사였다.

'어! 이게 뭐지?'

나는 욕조에 찰랑이고 있는 물을 보자 조금 전 지휘에게 가했던 횡포가 미안해지기 시작했다.

'자식, 이런 서비스를 할 줄 아네. 그래… 그럼 또 이소영이 성의를 무시할 수 없지.'

욕조 안으로 첨벙 뛰어들자마자 내 몸을 휘감고 도는 따뜻한 물의 느낌이 너무나 포근했다. 달콤한 낮잠과 따사로운 오후의 거품욕! 한 치의 부족함도 느낄 수 없는 오후였다.

'사막에는 꿈에서라도 다시 가고 싶지 않아!' 라며 물속으로 파고드는데 역시나 10분도 되지 않아 내 이름을 부르며 나를 찾아 헤매는 지휘의 목소리가 들려왔다.

"야, 이소룡. 어디 있어? 집에 간 거야?"

나 여기 있다고 대답을 하려는데… 바로 그 순간 지휘가 화장실 문을 벌컥 열고 들어왔다.

"뭐야?! 노크도 안 하고……."

"집에 간 줄 알았지."

"이제 여기 있는 줄 알았으니까… 어서 나가."

나는 손을 뻗어 거품을 끌어 모았다. 하얀 거품 속에 과년한 처녀의 몸을 숨기기 위해서였다. 하지만 지휘는 애초에 훔쳐보고 싶은 마음은 있지도 않았는지 시선도 흘리지 않으며 변기 앞에 서서 한쪽 발로 좌대를 끌어 올릴 뿐이었다.

"눈 감아."

"옛날에 다 봤어."

"변신했단 말야."

나는 입을 삐죽거리며 물속으로 잠수했다.

'이 정도면 됐겠지.'

나름대로 충분하게 시간을 주었다 생각하고 물 위로 쑥 올라오는데… 지휘는 내가 잠수를 하기 전과 같은 폼으로 입을 딱~ 벌린 채 얼어 있었다.

"왜 그래?"

"그, 그걸 다 쓰면 어떡해?"

"다 쓴 거 아니야. 조금만 해도 거품이 이 정도 나던데 뭘… 에구 쫀쫀하기는……."

"물 말이야, 물!!"

"물? 물이 왜?"

지휘는 다급해진 얼굴로 수도꼭지를 비틀어보았지만 물은 한 방울도 나오지 않았다. 나는 단수라는 사태보다는 화가 잔뜩 나 있는 지휘의 눈치를 보며 벌벌 떨고 있었다. 하지만 성급했던 나의 행동이 몰고 온 피해는 참담하기 그지없었다.

"시간 얼마나 지났어?"

라면을 끓이고 있는 지휘를 향해 소리를 질렀지만 지휘는 태연하기 짝이 없었다.

"두 시간 남았다!"

"나 배고파."

"그 상황에서 배고프다는 말이 나오니? 설명해 줄 땐 한마디도 들어먹질 않더니 꼴좋게 된 거지… 무슨 애가 그렇게 조심성이 없어……."

지휘의 잔소리가 가까워지고 있었다.

"그리고 평소에도 안 하던 목욕을 왜 하필 단수가 되니까 해. 어쩜 그렇게 하는 짓이… 자, 먹어!"

지휘는 라면 그릇을 내게 내밀었다. 나는 거품으로 옷을 입은 듯 몸을 가리며 손을 뻗어 그릇을 받았다.

"그렇게 보니까 좀 낫기는 하다!"

"뭐가?"

"이제 겨우 A컵은 되겠는데? 거품 브라~!!"

"변태 같은 놈! 당장 나갓!"

지휘는 문을 쾅 닫고 나갔다가는 다시 문을 열고는 빠끔히 고개를 들이밀며 말했다.

"더 보고 싶지도 않다!"

퉁퉁 불어 터진 라면에 실컷 약이 올라 버린 나는 문을 박차고 욕실에서 나왔다. 비누 거품이 뚝뚝 떨어지는 몸에 타월을 감고 있는 나를 보며 지휘는 조금은 민망한 듯 시선을 돌렸다.

"수건으로 닦기라도 하지, 그냥 나오면 어떡해?"

"닦을수록 거품이 난단 말야."

"성능 좋네."

나는 그대로 현관문으로 향했다.

"어디 가?"

"집에 갈래."

"못 가!!"

"김치도 없이 퉁퉁 불은 라면을 먹으란 말야?"

"김치는 냉장고에 있어."

"그래도 갈래."

"못 가."

"갈 거야."

"못 간다니까 그러네."

지휘가 내 어깨를 잡았다. 나는 왜 그랬는지 모르겠지만, 순간 몸이 얼어붙는 것처럼 굳어지는 것을 느꼈다.

지휘와 나는 정말로 머리도 감지 않고 세수도 하지 않은 채 피자를 먹으며 빈둥거렸다. 벌써 서너 시간째 말이다. 햇빛이 뜨겁게 작열하는 것을 보니 바깥에서는 분명 시간이 흐르고 있나 보다. 그런데 이 방에서는 시간이 멈추고 말았다.

"어차피 시간을 느끼는 것은 시계 때문이니까 이렇게 시계를 멈추어놓으면 지루함도 느끼지 못할 거야. 한참 이렇게 있다 시간 맞추기 게임이나 해보자!"

서너 시간 전에 지휘가 시계에서 건전지를 꺼내며 말했다. 기름으로 떡진 머리에 부스스한 얼굴로 마주할 수 있는 상대가 있다는 것은 유쾌한 일인지도 모르겠다. 게다가 이렇게 우리에게는 시간도 통하지 않으니 말이다.

"참 이상하지. 밖에 나갈 수 있을 때는 귀찮아하면서 나가지 못하게 하면 갑갑해하니 말이야."

"자유 의지라는 거지, 인간을 자유롭게 하는 것은……."

페인트 공사로 인해 밖으로 나가지 못한다는 말을 해주었더라면 지휘를 향해 평생 느끼지 못할 감정이었을 것이다. 그날 지휘의 눈빛은 참으로 묘했다. 그 작은 눈동자에 알 수 없는 무엇인가가 동그랗게 말려서는 동동 떠다니고 있었다. 우주선을 타고 끝없는 공간을 이리저리 떠돌며 무중력 상태의 일상을 즐기는 듯… 지휘는 점점 몽환 상태에 빠져들고 있었다. 분명 내 눈에는 그렇게 보였다.

"넌 아무리 철이 없어도 그렇지. 어떻게 내가 그럴 거라 생각했었냐."

"너도 남자잖아."

"순결은 남자한테도 있는 거야. 나는 네가 더 무서웠어."

"말이 되는 소리를 해라."

나는 닭다리로 지휘의 머리를 쥐어박았다.

"지휘야! 차라리 무슨 일이라도 벌어졌다면 그날 우리는 조금 덜 지루하지 않았을까?"

"얘가 지금 무슨 말을 하는 거야. 야야, 하지 마… 상상하지 말라니까!"

그때 우리는 어색해진 공기 속에 서너 시간을 갇혀 있어야 했다. 처음에는 지휘가 먼저 그렇게 우주를 떠돌았는데… 웬일인지 차츰차츰 나도 그 안으로 빠져들었던 것이다. 만약 우리가 같은 곳을 맴돌았다면 굉장히 멋지거나 아주 민망한 일이 벌어졌을지도 모른다. 하지만 역시 우주는 넓었다. 나와 지휘는 서로 다른 공간에서 몸만 함께하고 있었던 것이다.

"이것만은 정확히 해두자. 나는 그때 널 보며 딴맘을 먹었던 것이 절대절대 절대 아니야."

"뭐가 그렇게 절대절대 절대 아니야?"

39

"중요한 말은 반복해서 강조를 해도 돼. 아무튼 나는 절대절대 절대 너한테……."

"나한테 뭐?"

지휘는 내 얼굴을 빤히 바라보았다. 그리고는 무슨 생각을 하는지… 그런 일은 절대 있을 수 없다는 표정으로 몸서리치며 말했다.

"그러니까 내 말은… 그날 너에게 마법이 걸린 게 아니었다는 말이야. 절대절대 절대!"

'아니다.'

분명 지휘는 내게 마법이 걸렸었다. 폐쇄된 공간에 미모의 여인과 (흠흠) 단둘이 있는데 그 순간에도 우정 따위를 생각할 수 있다면 그것이 어떻게 남자란 말인가? 그날 지휘는 분명 나를 똑바로 보지 못했다. 내가 지휘의 눈빛을 그토록 부담스러워해 본 적은 없었을 것이다.

집에 보내달라며 울고불고 난리를 치는 나를 보며 지휘는 밖에서 잠긴 문을 막무가내로 열어보았지만 문은 당연히 꿈쩍도 하지 않았다.

시간이 얼마나 흘렀을까… 말도 안 되는 소동을 벌이고 난 우리는 심지어 서로의 얼굴을 보는 것마저 왠지 쑥스러워 벽을 보고 나란히 앉아서는 아무 말도 하지 못했다. 고요가 우리를 더욱 어색하게 만들면 희생(?)하는 자세로 하나가 먼저 말을 던졌고, 그러면 마주하고 있던 벽이 그 말을 받아 우리를 다시 연결해 주었다.

"만약 너하고 내가 무인도에 표류된다면 우리는 서로를 여자, 남자로 보겠지? 그곳에서 우리가 택할 수 있는 놀이는… 그래, 놀이는 결국 몸이 주는 쾌락을 끄집어내는 거뿐이잖아. 우리 둘 중에 누가 먼저 솔직해질 수 있을까?"

"무인도에도 성직자는 필요하겠지?"

"갑자기 성직자는 왜?"

"너를 여자로 보느니 염불을 외우거나 하나님께 기도나 할래."

나 역시 과거에 우리를 스쳐 지나갔던 몸이 느낀 감정에 대해 왈가왈부하는 것은 이쯤에서 접고 싶다. 하지만 분명한 사실은 내가 거품욕을 하겠다고 물에 첨벙 뛰어들지만 않았어도, 그리고 지휘가 거품 속에 묻힌 내 몸을 보지만 않았어도 여느 날처럼 우리는 부루마블 게임이나 하며 즐겁게 보냈을 시간이었다는 것이다.

몇 년이 지난 지금도 구체적으로 설명하기 힘든 조금의 차이로 인해 그날은 우리를 가장 가까운 곳에 있게 했으면서도 가장 멀리 떨어뜨려 놓았던, 그래 지루하기만 했던 하루로 남아버린 것이다. 그와 같은 모든 비밀스러운 것들을 간직한 하루를 기억하며 나는 웃었고 지휘도 웃었다.

지휘와 뒤엉켜 잠이 들어버리고 해가 질 무렵이었다. 남자친구의 친구, 태수 오빠에게 전화가 온 것은.

"오빠! 쉽게 말 좀 해봐. 무슨 말인지 하나도 모르겠어."

태수 오빠는 남자친구인 헌수 오빠와 같은 고등학교를 나왔으며 대학에서 만난 미수 오빠와는 재수 학원 친구였다. 세 사람은 모두 삼수를 했고, 이름의 끝 글자가 '수'라는 공통점을 찾아 삼수밴드라는 밴드를 결성하기에 이르렀는데… 불행하게도 아직 세상은 그들만이 알고 있는 그들의 천재적 음악성을 외면하고 있는 상황이었다. 라이브 바의 고정 가수들이 펑크를 내면 시간을 때우는 일이 대부분이었으며, 돈을 받고 노래하기보다는 돈을 내고 노래해야 하는 그들이었던 것이다.

"그러니까 오빠가 하는 말인즉… 헌수 오빠가 나를 버린 이유는 지난 200일 동안 한 번도 나를 향해 성적인 의욕을 느끼지 못해서라는 말이지? 그렇다면 이뻐하는 동생과 다를 바가 없으니… 좋은 오빠, 동생으로 남자고 결심을 했고, 그래서 오빠가 지금 하고 싶은 말인즉… 내가 좀 더 섹스어필했다면 이런 일은 없었을 거라는 거… 그지?"

"그래, 이 자식아~ 나는 니들이 정말 결혼까지 해서 평생~ 함께하기를 바랐단 말야. 그래서 내가 너한테 틈틈이 말했잖아. 옷도 좀 잘 입고 또 잘 벗고 그러라고……."

수화기를 통해 소리를 지르고 있는 태수 오빠의 말 때문에 어제의 이별은 다른 느낌으로 내 정신을 흐려놓았다. 서로에게 공통점을 발견할 수가 없어서 좋은 오빠, 동생으로 남자는 것과 23살인 내게, 그것도 여자친구로서 모든 것을 허용했던 내게 200일 동안 한 번도 욕구를 느끼지 못해 헤어지자 말을 했다는 것은 신체 건강한 헌수 오빠를 생각해 볼 때 나의 성적 자존심에 상처를 입히는 일이 아닐 수 없었다. 그리고 내가 왜 그런 이야기를 이렇게 그의 친구에게서 들어야 한단 말인가!

"너! 그럼 지금까지 헌수 형이랑 아무 일도 없었다는 거야?"

믿을 수 없다는 얼굴로 나를 보는 지휘.

"못 들었어? 그가 의욕을 못 느꼈다잖아!"

"왜 소리는 지르고 그래."

"바보 삼수탱이 같으니라구… 뭐, 지만 못 느낀 줄 알아. 나도 못 느꼈어, 나두!"

"…정말?"

"그래! 정말."

43

사실은 한 번 살짝 느낀 적이 있었다. 삼수밴드가 지방 공연을 한다는 그 믿기 힘든 사실을 듣고 남자친구와 나는 뛸 듯이 기뻐하며 벌써 마음이 부산을 향해 가고 있었다. 결과적으로는 밴드 3인과 내가 부산을 왕복했던 경비가 공연비를 3배씩이나 초과해 버리는 경제적 손실을 남긴 공연이었지만, 이제 삼수밴드가 전국적인 밴드가 된다는 사실에 고무되어 있었던 것이다.

사귀고 난 후 처음 하는 여행이었던 탓인지 화장실 냄새가 객석까지 퍼져 나오는 무궁화호의 불편한 좌석에서도 내내 들떠 있었던 기억이 난다. 한시도 쉬지 않고 떠들며 낄낄거리고 샴페인 대신 열심히 흔들어놓은 캔 콜라로 거품을 뒤집어쓰고 자축을 했었다. 그렇게 5시간을 고생해서 달려가 고작 20분을 할당받을 수 있었던 캠퍼스 공연이었지만 열기만은 대단했다.

여학생들은 곱상한 외모의 태수 오빠에게 열광했고 남자친구의 발악과 괴성에 객석이 초토화되어 버렸다. 남자친구가 마지막 곡을 마무리하며 내 이름을 목청껏 불렀을 때는 객석에서 유일하게 제정신이었던 나마저 쓰러져 버렸다.

우리는 공연을 마치고 밤 바다로 뛰쳐나갔다. 차가운 바람과 겨울 파도가 우리를 향해 맹렬하게 달려왔고 그 파도에 대고 우리는 고함을 질렀다. 모두 뭐라 다른 말을 했는데 분위기상 감정이 고조되어 있던 남자친구와 내가 동시에 '사랑한다'는 말을 해버렸고, 남자친구는 돌쇠처럼 나를 번쩍 들어 어깨에 들쳐 메고는 바닷가를 뛰어다녔다. 밤 바다는 칠흑같이 까맸지만 밀려오는 파도 거품이 달빛에 반사되어 하얗게 질려 있었고, 모래알은 그야말로 반짝반짝 빛을 발하고 있는 매혹적인 시간이었다.

남자친구의 좁은 어깨에서 몸부림을 치던 나의 무게를 견디지 못하고 그는 모래 무덤 위로 쓰러졌고, 나는 그의 몸 위로 무사히 안착했다. 살짝 입을 벌리고 있는 남자친구의 입에 내가 먼저 슬며시 혀끝을 닿게 했고, 침이 마르고 닳도록 우리는 첫 키스를 나누었다.

공연 내내 그의 몸을 타고 내린 땀줄기들이 요상히도 냄새를 풍겼지만 나는 순간 그의 몸을 풀어헤치고 싶은 충동마저 느끼고 말았다. 또래 여학생들을 열광하게 만든 작은 스타를 내 품에 안고 있다는 만족감 때문이리라는 것을 부인할 수 없지만, 그의 몸을 그대로 내 몸이 느끼고 있었던 솔직한 몸의 교류였다는 점이 내 충동의 이유였을 것이다.

하지만 그는 두 손으로 내 허리를 감고는 더 이상 내 몸에 손을 뻗지 않았고, 대신 자유롭게 그의 몸을 휘젓고 다니는 내 손이 남자친구의 젖꼭지를 심하게 비틀고 있을 때 그는 이상하다는 눈으로 나를 보았다.

"그렇게 만지고 있으면 좋아?"

"응. 좋은데… 오빠는 아무렇지도 않아?"

남자친구는 너무나도 아무렇지가 않았다. 조금 춥기는 하지만 이대로 밤 바다에서 첫날밤을 보내는 것도 나쁘지 않을 것 같다는 생각에 나는 다소 흥분되어 있었지만 그는 이상하리만치 침착했고, 그의 비밀스러운 곳도 전혀 반응하지 않았다.

숙소로 돌아와서 다시 기회를 만들어보려 했지만 피곤한 탓에 나조차 의욕을 느끼지 못했고, 온몸을 기습해 오는 따뜻한 기운과 스르르 풀려오는 긴장 때문에 예정보다 일찍 마법에 걸리고 말았다. 다음날은 심한 생리통으로 하루 종일 숙소에 누워 있는 바람에 부산까지 와 해운대 구경도 못했고 무료하게 보낸 지난밤을 생각하며 나는 남자친구에게 필요 이상의 미안한 마음까지 생겼다. 그러나 그날의 미안함이 이제 와서 나를 무색하게 만들 줄은 꿈에도 상상하지 못했다.

"헌수 오빠! 동성애자가 아닐까?"

"글쎄… 청춘 남아가 여자친구를 눈앞에 두고 딴맘을 안 먹는다는 게 이상하기는 하지만… 너를 보면 이해가 되기도 하네."

자유롭게 뻗쳐 있는 머리와 반쪽밖에 남아 있지 않은 눈썹, 콧

잔등에 난 뾰루지, 그리고 각질까지. 나를 빤히 보는 지휘의 시선에 지레 겁을 먹고 거울을 보았다. 그래, 뭐 좀 지저분하기는 하지만… 나름대로 자연미가 풀풀 나잖아!

"내가 정말 그래?"

"뭐가 정말 그래?"

"그니까 날 보면 정말 의욕이 안 생기냐구?"

"그걸 왜 나한테 물어."

"그럼 누구한테 물어? 넌 남자니까 알 거 아냐?"

"모든 남자를 대신해서 말하라는 거야? 개인적인 내 생각을 말하라는 거야?"

"뭘 그렇게 어렵게 말하냐. 그냥 대답해. 지금껏 나에게 한 번도 느껴본 적 없어?"

"어."

"어?"

"어!"

"내가 틈을 주지 않아서 그런 게 아닐까?"

"너는 틈이 많아."

"근데 왜 나한테 못 느껴?"

"그게 문제야."

"문제씩이나?"

"너는 길을 지나가다 대문이 열려 있는 집 하고 굳게 닫혀 있는 집 하고 어느 집에 더 들어가고 싶어?"

"남의 집에 왜 들어가?"

성의없는 대답에 지휘가 나를 노려보았다.

"나보고 지금 헤프다는 거야?"

"그런 여자들은 문을 열어놓고 들어오라 손짓이라도 하지……."

"그럼 나는 뭐야?"

"넌 긴장감이 없어. 마치 세상 모든 남자와 다 자본 것처럼… 아니면……."

문득 하던 말을 멈추고 지휘가 나를 보았다.

"너 해본 적 없지?"

"아니, 있어."

"누구랑?"

"있다니까."

"그래, 누구랑?"

"그야… 그래, 없어."

"그지, 있을 리 없지. 그렇게 밝히는 헌수 형이 못 느꼈다는데……."

"오빠가 여자를 밝히고 그랬어?"

"응."

"왜 말 안 했어?"

"너도 밝히니까 잘 만났다 싶었지."

"그럼 너는 안 밝히냐?"

"나는 그냥 보통이야."

"기분 나빠."

"정정하마! 너 정도면 사실 밝히는 건 아니야. 호기심이 많고…
다른 여자 애들에 비해 조금 솔직해 그런 거지."

"그래서 기분이 나쁘다는 것이 아니야. 차라리 오빠가 나를 사
랑하지 않았다고 생각할래. 그쪽이 훨씬 낫겠어. 사랑하지 않으
니까 욕구를 느끼지 못했던 거야."

"섹스는 본능을 따라 움직이는 거야. 사랑 따라 움직이는 게
아니라구. 물론 사랑이 있다면 그건 정말 맛있는 디저트가 되어
주겠지. 전체 음식을 확실하게 장식해 주는… 하지만 남자들이
디저트 좋아하는 거 봤어? 감정없는 섹스도 그 자체로 훌륭할 수
있다구. 물론 나는 감정으로도 소통하는 섹스를 지향하지
만……."

기분이 조금씩 나빠지고 있었다. 참을 수 없는 지경까지 이르
지 못하도록 닭의 남은 가슴살을 우걱우걱 씹어 먹었다. 하지만
조금도 나아지지 않았다. 23살의 멀쩡하게 생긴 여자가 남자친

구에게, 뒤늦게 안 사실이지만 밝히는 남자친구에게 한 번도 섹
스어필하지 못했다는 것은 8살이 되었는데도 초등학교에 입학하
지 못하고 유치원을 3년씩이나 다니고 있는 기분과 흡사할 것이
다.

"내가 널 자빠뜨리면 어쩌겠어?"

"왜 그 화살이 내게 꽂히는데… 난 싫어. 안 돼! 절대 싫어."

뭔 상상을 하는지 지레 겁을 먹은 지휘에게 나는 덤벼들었다.

"건 폭행이잖아!"

"가만 있어봐. 때리지는 않을 테니까… 실험해 보자. 반응하는
지 안 하는지……."

안간힘을 쓰며 빠져나가는 지휘.

"스스로 움직이게 해야 하는 거야. 여자가 남자에게 반응을 일
으켜 문을 열어주듯 여자도 남자의 본능을 움직여 스스로 일어나
게 해야 하는 거라구!!"

"스스로? 정말 멋진 거구나……."

느끼하리만치 뇌세적인 눈빛을 지휘에게 던졌다. 그리고 단추
를 3개까지 풀어보았다. 지휘는 '지금 뭐 하는 거니~ 꼬마야?'
라는 눈빛으로 나를 보았지만 나는 멈추지 않았다. 멈출 수가 없
었다. 나는 아랫입술을 살짝 깨물고는 지휘에게 다가갔고 지휘는
뒷걸음질치며 물러났다. 힘들게 욕정을 참는다기보다는 공포 영

화의 주인공처럼 바들바들 떨고 있는 것 같았다. 그래도 나는 지휘를 집어삼킬 기세로 다가가며 한마디 던졌다.

"괜찮아, 책임지라는 말 하지 않을게……."

지금, 책임보다
두려운 게 너야!!

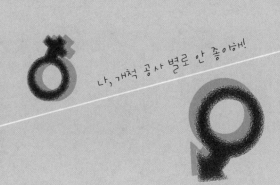

나, 개척 공사 별로 안 좋아해!

지휘나 불러서 또 술 한잔할까? 텅 빈 놀이터에서, 혼자 그네를 타며 저녁을 맞았다. 저 멀리서 쓰윽쓰윽 소리를 내며 분주하게 꺼져가는 햇빛은 낡은 놀이터의 고철들을 붉게 물들였다. 5년 전, 이처럼 텅 빈 놀이터에서 촛불에 불을 붙이며 생일 노래를 불러주던 지휘를 떠올리며 술 한잔하자는 문자는 보내지 않기로 했다. 오늘은 아직 술을 입에 대지 못하는 17살의 지휘를 만나고 싶었다.

the second day

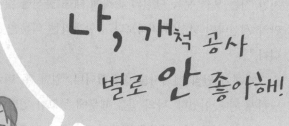

나, 개척 공사 별로 안 좋아해!

나는 궁금한 것이 생기면 언제나 하나님께 묻곤 했다.

"하나님, 아이는 어떻게 만들어지나요?"

그러면 하나님은 가정 선생님을 통해 성교육을 시켜주셨고,

"하나님, 민수 오빠가 저를 좋아하는 것 같던데… 사실인가
요?"

하고 물으면 하나님은 민수 오빠와 혜정 언니의 결혼 소식을
통해 나에게 진실을 가르쳐 주셨다. 한 번은 정말 곤란한 질문을
한 적이 있는데…

"하나님, 지금껏 저의 질문에 답변을 해주셔서 감사합니다. 하지만 저는 오늘 문득 당신의 존재에 대해 불신을 갖게 되었고… 만약 계신다면 당신이 미국보다 강할까라는 의문을 품게 되었습니다."

그렇게 도전적 메시지를 전달했더니, 얼마 후 미국은 테러를 당하게 된 것이었다. 나의 믿음 때문에 무고한 인명이 희생된 그 사건을 계기로 나는 의심을 거두게 되었으며 이후로도 종종 여러 가지 것들을 하나님께 직접 묻곤 했다.

하지만 이번에는 하나님으로서도 도저히 판단할 수 없는 질문이 아닐까 싶은 확신이 든다. 내 몸을 직접 설계하고 빚어낸 분에게…

"제가 당신 보시기에 섹시한가요?"

하고 묻는다면, 어찌 객관적이며 남성(?)으로서 솔직한 답을 해주실 수 있겠는가 말이다. 결국 나는 이번 의문의 답은 지휘를 통해서만 얻을 수 있다는 결론을 얻게 된 것이다.

"지휘야! 참지 마."

"아닌데……."

"정말 아무렇지 않아?"

"전혀."

56

지휘의 발등을 밟고 올라섰다.

"물론 그래 봐야 별일없지만 그래도 소문나면 안 되니까… 다른 데 가서 이러지 마!"

"노력 좀 해봐."

"아직도 모르니? 세상에는 노력으로 안 되는 게 훨씬 많다구?"

"너의 앙큼한 상상 속에 나를 등장시켜 보란 말야~"

나는 지휘의 발등 위에 그대로 선 채 나보다 20센티는 키가 큰 지휘의 얼굴을 올려다보았다.

아주 난처하다는 표정을 짓고 애를 쓰는 지휘.

"헤이 베이비~ 나의 가슴에 안겨봐… 나를 안아봐."

나는 지휘의 가슴에 손을 얹었다. 그리고 마사지라도 하듯 지휘의 가슴을 손바닥으로 뭉갰다. 그랬더니,

"신호가 오는 것 같아."

지휘의 눈빛은 정말 야릇했다.

"아아~ 미칠 것 같아. 참을 수가 없어! 자자!! 됐지? 된 거지?"

"되긴 뭐가 돼?"

"왜 또?"

"넌 지금 몸으로 말해야 해."

지휘는 거참 귀찮다는 얼굴로 나를 번쩍 들어서 침대에 내리꽂았다. 그리고는 내 위로 쓰러지듯 덮쳤다. 물론 두 팔로 몸을 지

탱하고 있었기 때문에 나와 지휘 사이에는 한 뼘 정도의 간격이 있었지만 그래도 무척 가까웠다.

"이야~ 너도 되는구나… 나 제대로 걸렸어, 지금!"

"……."

"이러다 정말 뭔 일 나겠다. 큰일 나겠네."

너스레를 떨며 몸을 일으키려 하는 지휘를 보며 말했다.

"내가 오르가슴 흉내 낸다는 여자는 들어봤어도 너 같은 남자는 처음 본다."

"내가 뭐?"

"딱딱하지 않잖아!"

놀라서 재빠르게 몸을 곧추세우고는 멀찌감치 떨어지며 지휘는 난처하면서도 민망하다는 듯 고개를 돌렸다. 의기소침해진 나도 옷을 추스르고는 가방을 챙겼다. 일보 전진을 위해 우선은 후퇴를 해야지. 창문을 열자 밤 공기가 차갑게 얼굴을 덮었다. 여름밤은 참으로 달콤하다는 생각을 하며 몸을 반쯤 밖으로 내밀고는 지휘에게 일침을 가했다.

"오늘은 내가 너무 지저분해서 그럴 거야. 내일 다시 해보자!"

"뭘 또 해."

"다른 데 가서 하지 말라며!"

"그만 하라는 얘기지……."

"조금만 기회를 줘!"

단호하게 말하며 파이프를 잡는데…

"야! 현관으로 나가! 비도 왔는데 미끄러지면 어떡하려고."

소리 지르는 지휘의 목소리가 점점 멀어졌다. 이미 파이프를 잡고 쭉~ 미끄러져 소방대원 아저씨처럼 멋지게 지휘의 방을 탈출한 뒤였으니까.

어쩌면 지휘의 방에는 끈적끈적한 공기가 뭉실뭉실 남아 있을지도 모르겠다. 아무리 우리가 친구 사이라 해도 나는 여자, 지휘는 남자 아니겠어. 땀을 뻘뻘 흘리며 몸의 반응을 수습하기 바쁜 지휘의 모습을 상상해 보았다. 조금 흐뭇해지려고 했지만… 정말 그러고 있을까?

나는 성인식을 한 지 3년이나 지났는데도 남자를 유혹하기보다는 벽 타기를 잘하고, 남자들은 나와 은밀하게 시간을 보내고 싶어하기보다는 현실을 아작아작 깨는 나의 말솜씨를 좋아하고, 함께 여행을 가도 오붓하게 콘도에서 시간을 보내기보다는 노래방에서의 불타는 댄스와 열창을 좋아했다. 조금 술에 취해 발그래진 나를 보는 것보다는 마시고 죽자며 망가지기를 바라고, 아직도 내가 치마를 입으면 '얼레리 꼴레리' 하며 치마를 들추니. 왜 나는 지금까지 그것을 모든 사람들이 좋아하는 나의 매력이라고 생각했을까? 그것은 내가 여자가 아니라는 것을 입증해 주는 사실들인데……

　나는 정성껏 목욕을 했다. 온몸에 배어 있는 땀을 씻어내고 먼지와 냄새도 흘려보냈다. 그리고 말끔해진 몸을 거울에 비추어보았다. 아담한 가슴과 잘록한 허리, 키에 비해 결코 짧지 않은 다리와 살포시 올라간 엉덩이… 미스코리아 뺨치는 몸매는 아니지만 이 정도면 통하는 게 정상 아냐? 허벅지에는 아직도 지휘의 말랑했던 느낌이 남아 있다. 참으로 신기한 조직이다. 의지와 상관없이 외부 자극에 의해 일어나는 우리 몸의 반응 중 가장 훌륭하다. 오늘은 하루 종일 뒹굴었던 탓에 잠이 쉬 올 것 같지 않았다. 오랜 시간의 샤워로 푸딩처럼 부드럽게 흐물거리는 몸을 그대로 침대에 누이고는 가장 편한 자세로 가만히 있었다. 가만히…
　마음과 몸이 하나가 되어 하늘로 떠오르듯 가벼워지는 기분을 느낄 수 있었다. 여름 바람이 창문을 밀고 들어와 방 안의 물건들을 살짝 어질러 놓고 나의 살갗에 닿기까지 공중을 맴돌았다. 점점 무기력해지는 나에게 때를 놓치지 않고 잠이 찾아오고 있었다.

　지휘는 고등학교 교복을 입고 있었다. 지휘는 미안하다며 아무래도 우리 사이에는 친구라는 큰 벽이 있어 본능도 솔직해지지 못했다고 말했다. 그리고 다시 미안하다 말하며 짜릿하게 키스해 주었다.

"교복은 왜 입은 거야, 갑자기?"

지휘는 말없이 내 손을 잡았다. 허물없이 지냈기에 오는 익숙함을 조금이라도 벗어보자는 지휘의 생각이었다. 교복을 입으니 정말이지 친숙하면서도 낯선 기분이 들었다.

그렇게 우리는 낡은 교복을 입고 고등학교의 담을 넘었다. 긴장을 유도할 수 있지 않을까 싶었던 것이다. 경비실의 불은 졸고 있는 아저씨를 흔들흔들 비추고 있었다. 자정이 넘었으니 달리 인기척이 있을 리 없다. 유난히도 추억이 많이 서려 있는 미술실로 향하는 우리의 걸음, 그것은 마치 사전에 마음을 맞춘 듯 자연스러웠다.

드르르륵.

미술실의 낡은 나무 문소리에 고요는 흔적없이 사라져 버리고 창문을 통해 들어오는 달빛이 석고상에 그림자를 만들어놓았다. 우리는 아담과 이브가 처음으로 부끄러움을 느끼며 서로의 몸을 감추었던 그때같이 서로 떨어져 옷을 하나하나 벗기 시작했다.

다비드 그림자가 먼저 꿈틀거리기 시작했다. 그리고 한쪽에 서 있던 비너스 그림자가 다비드에게 다가가 떨리는 손으로 다비드의 몸을 훑어갔다. 미끄러지듯 그러나 힘있게 점점 아래로 내려오는 손놀림.

"이 정도로 되겠어?"

"걱정 마. 자아~ 들어가 볼까?"

비너스 그림자는 다비드 그림자에게 몸을 던져 그림자를 하나로 만들었다. 그리고 조금 있자 그림자가 들썩들썩 춤을 추기 시작했다. 이에 비너스의, 아니, 나의 호흡은 거칠어졌고 끝내 신음 소리까지 요상하게 내고 말았다. 마치 롤러코스터가 위를 향해 올라갈 때 내는 여자 애들의 괴성처럼.

"아! 아! 아! 아아아아~"

가속 패달을 밟던 다비드의 동작이 갑자기 뚝 하고 멈추었다.

"헉!"

숨이 멎는 듯했고. 이내,

"휴우~"

만족했다는 한숨이 흘러나왔다.

그리고 내 몸은 이제 비너스 석고상이 아니라 페스츄리처럼 말랑말랑해지고 있었다.

"또 타고 싶어."

나는 용감하게 소망을 내뱉었다. 낡은 소파 위에 그려지는 내 나체의 실루엣은 아직도 미미하게 떨림을 멈추지 않았는데…

"자리 바꿔!"

그 말에 나는 다시 뜨겁게 달아오르고 말았다. 내 밑에 깔려 있
던 지휘는 어느새 내 배 위로 올라왔고,

"안전벨트 매야지."

그 말이 떨어지기 무섭게 내 가슴에 손을 얹었다.

"이건 자이로드롭이닷!!"

"어머~ 처음 타보는 건데~ 어! 어! 어!"

절정에 오르는 순간, 웃음소리가 폭발하듯 내 귀를 때렸다.

'설마!'

불길한 예감은 분명 틀리지 않는구나. 이 사태를 어찌해야 좋
지. 어떻게 나는 팔자 좋게 한밤의 내 침실도 아닌 대낮의 강의실
에서 이런 꿈을 꾸었냐. 눈을 꼭 감고 있었음에도 수많은 시선이
내게 꽂혀 있음이 느껴졌다. 어느 타이밍에 눈을 떠야 하나? 어떤
식으로 난처하다는 표정을 지어야 하나? 설마 전부 잠꼬대로 생
중계한 것은 아니겠지.

"이소영! 자네는 무슨 잠을 그렇게 요란하게 자는가?"

늙은 교수의 딱딱한 목소리가 우렁차게 들려와 더 이상의 고민
도 없이 눈을 뜨고 말았다.

다시 폭발하는 웃음소리가 파도처럼 강의실을 휘감았다.

"그게… 저… 그러니까… 놀이 공원에서… 자이로드롭

을……."

불안한 마음으로 주변을 스물스물 둘러보는데 역시나 지휘는 창가에 앉아 나를 보며 키득키득 웃고 있었다. 뭐가 그리 좋은지 약동하는 봄 기운마냥 얼굴도 화사하게 피어서 즐거워하는 모습이란… 하지만 웬일인지 나는 지휘의 눈을 똑바로 볼 수가 없었다.

"너 정말 놀이 공원 꿈꾼 거 맞아?"
지휘는 수업이 끝나자마자 쪼르르 내게 달려왔다.
"무, 무슨 말이야?"
"너는 내 눈빛만 봐도 내 속을 훤히 들여다볼 수 있다고 했지? 나는 이제 네가 눈을 감고 있어도 보여."
나는 우물우물 지휘의 시선을 피하며 가방을 챙겼다. 빈정거리는 지휘의 얼굴을 빤히 쳐다볼 수 없었던 것은 설마 하니 이 아이가 정말 내 꿈을 들여다보았을까 싶은 불안 때문이 아니었다. 사춘기 시절 생각지도 않았던 남자와 다정하게 포옹하고 달콤하게 입 맞추는 꿈을 꾸어본 여자라면 누구나 알고 있을 것이다. 그 꿈이 생생할수록 상대방이 가깝게 느껴진다는 것을… 마치 실제 있었던 일처럼…….
"간밤에 좀 무리했나 봐."

"……?"

"어제 집에 가는 길에 놈팽이 하나 주워 밤새 놀았거든."

"이게 점점……."

지휘는 내 목에 헤드락을 걸고는 귀엽다는 듯이 머리를 쥐어박았다. 언제나 아무렇지 않게 일어나는 행동이나 오늘은 주변의 시선을 느껴야 했다. 이 같은 지휘 때문에 내가 여자처럼 느껴지지 않는 것은 아닐까. 모든 남자들에게…….

"그렇다면 학교에서 만난 남자들만 그래야 하는 거잖아."

"아니, 니가 나를 늘 그렇게 대하니까 나도 으레 모든 남자들에게 그런 행동을 허용하고 있는지도 모르잖아. 익숙해졌거나……."

딴청을 피는 지휘.

"밥 먹고 뭐 할까?"

"한잔할까?"

"해가 지려면 아직 멀었어."

"왜 술은 밤에 마셔야 해?"

"낮부터 취해 있으면 다른 일을 못하니까."

"박 선생 같은 대답 말구……."

"분위기가 안 맞으니까 그렇겠지."

"하긴 헬렐레 하는 바탕은 까만색으로 칠하는 게 어울리

65

지……."

고개를 끄덕거리고 있는 지휘의 얼굴은 너무나 평온했다. 그런 지휘를 보고 있자니 언제나처럼 함께하지 못하고 철저히 혼자 고민해야 한다는 사실에 약이 올랐다.

"그래도 한잔할래."

"그래, 그럼……."

낮술은 장소를 신중하게 택해야 한다. 햇빛이 강하게 드는 곳에서는 마실수록 정신이 말짱해지고 지나치게 어두운 곳에서는 시간 개념을 잃어 페이스 조절이 힘들어진다. 익숙하지 않은 곳에서는 낮부터 들어간 술이 몸에서 적응을 못해 술의 기능을 상실하고 너무 익숙한 곳에서는 긴장이 풀어져 마라톤 술을 마시지 못하게 된다. 그래서 우리는 '소금인형'으로 향했다…….

소금인형은 우리가 새내기 때부터 잊지 않고 그러나 잦지 않게 찾았던 술집이다. 열 평 남짓한 공간에 서너 개의 테이블이 놓여 있고 주인 언니 취향에 맞게 선택된 흘러간 팝송이 일정한 컨셉 없이 흘러나오는… 이름이 주는 느낌처럼 친근하면서도 낯선 장소이다. 여기서 우리는 적응하기 만만치 않았던 대학 생활의 짐을 잠깐잠깐 풀어놓을 수 있는 여유를 즐겼다. 때로는 술보다 기분에 취하고 싶어서 찾기도 했었다. 하지만 이유야 어찌 되었든

안주와 술은 계절에 상관없이 항상 똑같다.

"누나!"

"라면에 소주?"

"네!"

차갑게 보이지만 그 안은 무엇보다 뜨거운 소주 한 병이 먼저 테이블을 찾았다.

"여긴 참 묘해."

지휘가 정말 오묘다는 눈빛으로 말했다.

"뭐가?"

"자주 오면 이 맛을 모를 거야."

"까맣게 잊고 있다가도 그냥 지나치지 않고 꼭 한 번씩 생각이 나지?"

"너도 그래?"

나는 차가운 소주를 단숨에 들이켰다. 그래, 소주는 이 맛이다. 목구멍을 타고 내려가며 온몸에 퍼질수록 한 가지에 집중하게 만들어주는 소주의 참 맛!

"가만 보면 연애는 섹스 같아."

"뜬금없기는 네가 최고다."

"봐봐… 사랑없이 연애는 할 수 있어도 섹스없이는 못하잖아."

"너무 상심하지 마. 형이랑 너! 코드가 안 맞아서 그런 거니까……."

"너도 안 되잖아!"

"우리한테는 신비감이 없잖아. 섹스는 일종의 판타지를 동반해야 하는 거 같아. 태생부터가 은밀하니까……."

작열하는 태양 빛이 열심히 작은 창의 유리를 뚫고 있었다. 편안한 옷차림의 주인 언니는 한쪽에 놓여진 테이블에서 노래를 따라 흥얼거리며 야채를 다듬었고 더위를 피해 맥주를 찾는 사람들이 하나둘씩 늘어나고 있었다.

"나도 이제 여자가 되고 싶어."

"섹스를 통해서만 여자가 될 수 있다고 생각하면 안 되지. 우선 쫙~ 벌리고 있는 그 다리부터 오므리고 앉아봐. 조금 더 여자에 가까워질 테니……."

나는 어깨보다 넓게 벌리고는 정신없이 흔들고 있던 다리를 내려다보았다.

"저기 저 여자도 다리 벌리고 있는데?"

나는 구석진 곳에서 은밀하게 술을 마시고 있는 바퀴벌레 한 쌍을 찾아냈다. 전혀 취해 보이지는 않았지만 풀린 눈으로 다리를 벌리고 앉아 있는 그녀의 치마 속으로 하얀 팬티가 보일락 말락했다. 지휘는 내가 가리킨 쪽으로 시선을 돌렸다가 댓바람에 서리를 맞은 표정으로 황급히 고개를 돌렸다.

"너는 달라!"

"뭐가 또 달라!"

나는 어려운 수학 문제를 포기하듯 심란한 마음으로 소주를 털어 넣었다. 지휘가 잔을 채우며 말을 이었다.

"똑같이 다리를 벌리고 있어도 저 여자는 유혹의 몸짓으로 보이고 네가 그러고 있으면 남자들에게 편하게 행동하는 것처럼 보여. 그러니까 한마디로 남자가 여자인 척하는 여자 같아."

나는 대꾸할 말조차 찾지 못해 박 선생의 얼굴을 들여다보며 다리를 오므리고 앉았다. 그리고 방금 채워진 소주를 또 들이켰다.

"낮부터 술잔치를 벌일 셈이야? 천천히 마셔……."

주인 언니가 보글보글 끓고 있는 라면 냄비를 내려놓으며 말했다.

"네."

"아니요."

웃으며 멀어지는 언니의 뒷모습을 보며 내가 물었다.

"저 언니 어때? 느낌이 와?"

공기 속을 부유하듯 곡선을 그리며 걸어가는 그녀의 뒷모습을 지휘는 한참 말없이 바라보았다.

"어때?"

"노코멘트."

"그 말이 정답이네……."

주인 언니에게는 누구나 느낄 수 있는 신비로움이 있다. 샌들 사이로 비집고 나온 발가락부터 아무렇게나 올려서 질끈 감아버린 머리까지 어느 것 하나 신경 쓰지 않은 것처럼 보이지만 그 자체가 자유로워 보인다. 게다가 감히 손을 댈 수 없는 막까지 언니를 한 겹 싸고 있으니.

"하긴 나도… 여자지만 가끔씩 언니의 젖가슴을 만져 보고 싶을 때가 있어."

순간 얼굴이 일그러지며 지휘는 말을 이었다.

"너는 그런 말부터 하지 말아야 해. 담아둘 것과 내버릴 것을 그렇게 구분 못하겠니? 너의 그 말을 듣는 순간 누나에 대한 환상과 너에 대한 도덕성이 한꺼번에 힘을 잃어버리잖아."

나는 지휘의 말에 대꾸할 가치도 없다는 듯 후르륵 소리를 내며 알맞게 익은 면발을 건져 먹고 있었다.

"그래, 한낱 라면 앞에 이성을 잃는 너에게 무슨 얘기가 통하겠냐."

"나는 섹스보다 라면이 좋으니까……."

"그러게 라면보다도 못한 섹스를 왜 그렇게 해보고 싶어하는데?"

"해보고 싶다기보다 하게 만들고 싶은 거지… 그런 생각 때문인지 요새는 성인 남녀들만 보면, 아니, 심지어는 고등학생만 봐도 열등감을 느껴… 저 애들은 되는데 나는 왜 안 될까… 하고."

설득력이 있었는지 지휘는 내 잔을 다시 채워주었다. 벌써 가게 안은 빈 테이블이 없을 만큼 붐비고 있었고 나는 이미 볼이 발그래지고 있었다.

"어디 가?"

휘청거리며 일어서는 지휘를 올려다보았다.

"화장실."

"빨리 와."

지휘가 사라진 자리를 한참 바라보았다. 내 몸에 붙어 있던 것도 아닌데 이렇게 쓸쓸할 수 있을까? 1분 전까지는 눈앞에 있던 지휘가 사라지자… 잠시 화장실을 간 것뿐인데… 그래도 그 빈자리가 참 쓸쓸했다. 그 쓸쓸함을 잠시 채워줄 대상을 찾아 가게 안을 돌아보았다. 앗, 그런데 이게 뭐지? 왜 모두 나를 보고 있지?

"저 여자 좀 봐. 저렇게 낮부터 술이나 푸고 있으니까 섹시하지 않다는 이유로 남자친구에게 차이지……."

"저 머리 꼴 좀 봐… 저게 어디 여자 애의 머리니?"

"옷은 어떻고? 지가 아직도 고등학생인 줄 아나 봐."

"나라도 저런 여자는 싫다."

"벗고 덤벼도 끄떡없겠어!"

"그래도 이성 친구하기는 좋을 것 같은데……."

"그야 당연하지… 딴맘이 안 생길 테니까."

사람들이 나를 향해 손가락질하고 있었다. 아무도 나의 진실을 모르고 비웃고 있었다. 나는 지휘가 몹시 간절했다. 알코올의 위력 때문일 것이다. 술은 인간의 모든 감정을 자로 잴 것 없이 정확하게 끄집어낸다. 그 앞에 상황 판단은 필요없다. 길어도 5분 후면 지휘가 돌아올 것이라는 사실 따위도 필요없다. 지금 이 순간 나는 지휘를 찾아내야 했다. 지금 이 상황에서 나를 구해줄 수 있는 사람은 오직 지휘뿐이었다.

"제발 나를 덮쳐 보란 말이야아아아아! 나도 여자란 말이야아아아아!"

나는 버럭버럭 소리를 지르며 자리에서 일어났다. 순간 가게 안의 모든 사람들이 정지 동작으로 나를 바라보았고 조금 전까지 나를 보고 비웃던 사람들은 언제 그랬냐는 듯 다시 나를 보았다. 왜 모두 나를 모른 척하지? 이봐, 당신. 방금 전까지 나를 비난했잖아. 내가 여자냐구 아직도 고등학생인 줄 아냐구 했잖아. 야! 너 왜 모르는 척해? 니가 나한테 그랬잖아. 이성 친구하기에 적합한 여자라고 딴맘이 안 들 거라구? 왜 모두 한마디씩 해놓고 시치미를 떼는 거야!

그때 한 남학생이 소리를 내어 웃었다. 그러자 그 웃음이 꼬리에 꼬리를 물고 메아리쳤다. 나는 지휘에 대한 한없는 그리움을 안고 가게에서 나왔다. 그리고 남자 화장실로 향했다.

"지휘야!"

"모, 뭐야? 야, 네가 여길 왜 들어와?"

어디선가 지휘의 목소리가 들려왔다.

"사람들이 나를 욕해."

"그러니까 빨리 나가!"

"나 니가 너무 보고 싶어서 왔어. 얼른 나와봐… 지금 나를 구해줄 수 있는 사람은 너뿐이야. 어서 나와, 나오란 말야!"

내 모든 의지가 소주 앞에 무릎을 꿇은 상태였다. 닥치는 대로 화장실의 문을 열어젖히며 지휘를 찾아 헤맸다. 마지막 화장실 문을 열었을 때─급했는지 지휘는 문도 잠그지 않았다─나는 지휘의 당혹스런 얼굴을 보며,

"지휘야, 내가 오늘 널! 먹어치울 수 있도록 나를 허락해 줘~"

나는 한마디 외침을 날리고 그 자리에 주저앉았다.

내가 쓰러진 곳은 소금인형의 남자 화장실이었는데 잠을 깬 곳은 「사랑과 영혼」이 상영되고 있는 DVD방이었다. 소심하게 치켜 뜬 시야로 영화에 빠져 있는 지휘의 얼굴이 들어왔고, 머리 속에

서는 이후 나의 행동에 대한 수십 가지 대책 마련이 떠오르고 있었다.

'아무렇지도 않게 눈을 떠? 뻔뻔하게 말야.'
'아냐, 미안해하는 얼굴로 동정표를 사는 게 낫지 않을까?'
'아픈 척할까?'
'차라리 그냥 계속 자버려?'

'언체인드 멜로디'가 귀를 간질였다. 대응책을 찾아야 하는 현재 상황과 여기까지 나를 몰아붙인 일련의 사건들을 되새기면서 나는 불현듯 지금이 기회일지 모른다는 판단을 하게 되었다. 나는 고통스러운 듯 머리를 쥐어짜며 지휘의 품으로 파고들었다.

"왜 그래? 토할래?"
"아니, 추워서 그래."
지휘의 가슴께에 머리를 기대고 있는데,
"이걸 끄면 되지."
지휘는 벌떡 일어나 냉방 장치를 정지시켰다. 빈틈없는 지휘를 보며 나는 2단계 작전으로 들어갔다.
"춥다면서 옷은 왜 벗어?"
걸치고 있던 반소매 카디건에서 팔을 빼내고 있는 나를 도우며 지휘가 물었다.

"그러게… 좀 전에는 추웠는데… 또 덥네 금방……."

나는 지휘에게 시선을 야릇야릇 주었다. 하지만 지휘는 몸을 낮추고 있는 나의 가슴 선이 보이자 고개를 돌리며 단호하게 말했다.

"까불지 말고 얌전히 자라… 여기까지 오는 데 고생 많았다."

나는 아랑곳하지 않고 지휘의 배 위에 머리를 얹었다. 그리고 놀라운 변화가 일어나기를 바라며 팔을 뻗어 지휘의 목을 감았다. 내친김에 다른 손으로 지휘의 손등을 끌어와 입을 맞추고는 점점… 지휘의 몸을 타고 올라가 귓불에 입김을 불어넣었다.

"훅~ 훅~ 훅~"

태연하게 스크린에 몰두해 있던 지휘가 드디어 반응을 보였다.

"아이, 정말……."

지휘의 눈빛은 몽롱해지고 있었다. 입술도 바짝 말라 있었다.

"지휘야~ 이제야 내가 여자로 보이는구나?"

"하하하!!"

하얀색 커튼과 하얀색 테이블, 그리고 하얀색 의자까지… 온통 하얀색으로 뒤덮인 작은 카페가 무너지도록 웃고 있는 시내. 그리고 그 맞은편에는 처참한 얼굴의 내가 있다.

"그렇게 재미있어?"

"지휘는 아직도 드미 무어만 보면 그렇대?"

"첫사랑이라잖냐!"

시내는 고등학교 2학년 때 나의 짝이었다. 낯을 가리는 편이라 그다지 행동 반경이 넓지 않은 아이지만 나하고는 벌써 5년이 넘게 단짝처럼 지내고 있다. 중, 고등학생에게 있어 짝이라는 것은 단지 책상 하나를 함께 쓴다는 의미를 넘어서는 운명적인 사랑과 비슷한 만남일 것이다. 서로 좋든 싫든 짧게는 한 달, 길게는 1년 동안 협조적으로 지내야 지루한 수업 시간을 유익하게 보낼 수 있지 않은가. 물론 마음까지 맞는다면 금상첨화고.

가슴 설레던 첫사랑의 기억과 누구에게도 말하지 않았던 부모님에 대한 불만, 그리고 마음속 깊이 숨겨둔 불온한 상상까지 끄집어내면 이제 두 사람은 천하무적의 사이가 된다. 배경 음악으로 깔리는 국사, 지리, 생물 선생들의 고요한 음성은 그럴 때 힘을 발휘해서 오고 가는 수다 속에 우정을 싹트게 도와주고 말이다.

"고소해?"

"지휘가 2년 전에 날 거절했잖아. 그것도 군바리 주제에… 그때 혹 걔가 널 좋아하는 게 아닐까 생각했었거든. 고소하다기보다는 다행이라는 거지."

"설마 아직도 마음이 있는 거야, 지휘한테?"

"너 아니면 안 된다는 아니야."

"오면 고맙구 안 오면 그만이구?"

"그것보다는 약간 더하지. 오면 '땡큐 베리 마취'고 안 오면 '아이엠 쏘리' 정도"

"안 오는데 뭐가 미안해?"

"얘~ 는… 유감이라구, 아이엠 쏘리!"

"아하~"

"영문과 맞아?"

시내는 지휘를 첫눈에 보고 반했다고 했다. 나도 갓난아이가 아닌 열일곱의 나이에 지휘를 처음 봤다면 반할 수 있었을까? 남자와 여자는 참 어렵다.

"싫다고 했는데… 계속 들이밀 수는 없잖아. 그냥… 지휘보다 더 좋은 사람이 나타나면 그 남자를 만날 거고……."

"나타나지 않으면?"

"계속 좋아해야지."

"대책없는 사랑이네……."

"사랑?"

레몬에이드를 스트로우로 휘휘 저으며 시내는 무슨 생각을 하고 있을까. 우리 사이에는 잠시 침묵이 흘렀다. 지휘보다 더 좋은 남자가 나타나면 그 사람을 좋아하는 거고, 나타나지 않으면 계속 좋아할 것이라는 말은 어쩌면 편리한 감정처럼 보이기도 했다. 하지만 가끔씩 미간을 찡긋거리고 있는 시내 역시 나와 같은 생각을 하고 있을 것이다. 누군가가 그렇게 발목을 꽉 붙잡고 있다면 더 좋은 사람은 절대 나타날 수 없다는 것을.

"계속 할 거야?"

"뭘?"

"지휘 유혹하는 거……."

"내가 지휘한테 그러는 거 싫어?"

"싫지도 좋지도 않아. 설마 하니 정말 무슨 일이 일어날까 싶기도 하고… 그래도 모르지, 어쨌든 지휘는 남자고 너는 여잔데… 그런 생각하면 썩 유쾌하지 않은 것도 사실이야."

"니가 지휘의 여자친구라면 이런 짓 계속 할 수 없겠지만 너 혼자 지휘를 마음에 품고 있는 상황이니 내가 네 마음까지 헤아려야 한다고는 생각하지 않아. 내가 너무 솔직했나?"

"솔직한 게 아니라 정확한 거지… 하지만 나는 지휘를 믿어."

"나를 믿어주면 안 돼?"

"지휘는 너를 절대 건드리지 않아. 니가 어떤 애를 쓰더라도… 그거 모르겠니? 지휘한테 그런 떼를 쓴다는 것 자체가 승산없는 게임이라는 거?"

"그렇기 때문에 지휘일 수밖에 없어. 나와 지휘 사이에서 단 한 번도 생각해 보지 못했던 섹스가 우리 앞에 현실로 다가올 정도라면 나는 여자로서 전혀 문제가 없다는 결론이 나오거든……."

"그게 다야?"

"대답해야 해?"

"그래서 너는 정확해. 평소에 어리버리해 보이는 것은 네 나름의 내숭이라는 생각이 문득 든다."

시내의 아픈 곳이 드러나는 바람에 오늘 시내와의 만남은 그다지 유쾌할 수가 없었다. 가까운 사이일수록 그렇다. 예민한 곳을 건드릴수록 상대방은 감정을 우회적으로 표현한다. 차라리 어느 정도 거리를 유지하고 있는 관계라면 냉정하게 말해 주거나 적당히 넘어갈 수 있겠지만 서로를 잘 아는 두 사람은 무엇 때문에 화가 나는지 명료하게 말을 할 수 없다. 왜냐하면 그럴수록 상대방은 내 마음을 정확하게 읽어버릴 테니까… 말이다.

지휘나 불러서 또 술 한잔할까? 텅 빈 놀이터에서 혼자 그네를 타며 저녁을 맞았다. 저 멀리서 쓰윽쓰윽 소리를 내며 분주하게 꺼져 가는 햇빛은 낡은 놀이터의 고철들을 붉게 물들였다. 5년 전, 이처럼 텅 빈 놀이터에서 촛불에 불을 붙이며 생일 노래를 불러주던 지휘를 떠올리며 술 한잔하자는 문자는 보내지 않기로 했다. 오늘은 아직 술을 입에 대지 못하는 17살의 지휘를 만나고 싶었다.

"지휘야, 나를 자연스럽게 받아들여 봐. 별일 일어나 봐야 너와 나 사이잖아! 게다가 나는 요즘 보기 드문 버진이잖아!"

내 마음속의 지휘가 이렇게 대답을 한다.

"나는 개척 공사 별로 안 좋아해."

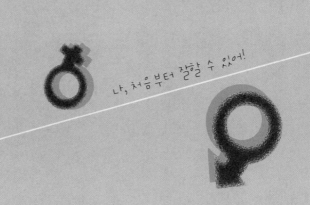

나, 처음부터 잘할 수 있어!

그 많은 기억이 전부 추억이 될지는 모르겠지만 우리에게는 한 번
풀면 박물장수 보따리보다 넘쳐나는 공감이 있어. 그 안에 촘촘히
너무 많은 행복들이 박혀 있을 거야. 너는 지금 니가 얼마나 위험
한 짓을 하고 있는지 모를 거야. 하지만 자칫하면 니가 그렇게 아
무렇지도 않게 생각하는 일 때문에 우리가 그동안 쌓아온 모든 추
억이 손상될 수도 있어. 그러지 말자, 소영아.

the third day

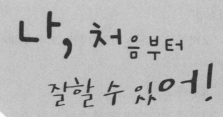

나, 처음부터
잘할 수 있어!

"그렇지 않고, 한 번 사용했다고 낡는 것도 아니고… 다른 사람의 흔적이 남아 있는 것도 아닌데 굳이 내가 길을 낼 필요있어? 괜스레 죄책감도 드는 데다가……."

지휘는 말없이 듣고만 있는 내가 아직 옆에 있는지 확인하면서 말을 잇는다.

"현대 남성들에게 버진이라는 것은 절대 너의 무기가 될 수 없어!"

"그래, 너 잘났다!"

"때가 되면 자연스레 하게 될 텐데… 왜 그렇게 오버를 하니… 이소영!"

"오버라구? 너는 지금 내가 그거 못해서 환장한 줄 아는 거야?"

"그렇게 보여."

"너한테 실망이다. 눈에 보이는 건 같을지언정 세상의 모든 사건과 사고에는 그 나름의 이유와 논리가 있다는 말! 니가 했던 말이야."

"실망이라구?"

나는 결국 지휘가 제일 싫어하는 말을 하고 말았다. 지휘는 실망이라는 단어에 꽂히면 더 이상 말을 하지 않는다. 자신의 존재 이유를 세상 모든 사람들을 실망시키지 않는 것으로 생각하는지 지휘는 그렇게 늘 실망이라는 말에 민감하게 반응했다.

"너야말로 실망이야."

"왜? 너무 밝혀서?"

"좀 더 깊고 넓게 생각 좀 해볼 수 없겠어?"

"내가 뭘?"

"남자들이 너를 밝히지 않는 이유! 정말 모르겠냐구?"

"왜 화를 내고 그래?"

"네가 지금 화나게 멍청하잖아!"

"내가 언제?"

"남자들은 말야, 단지 한 번 꼴리고 말 상대라면 그 여자가 누구든 나이가 얼마나 되든 뚱뚱하든 말랐든… 상관이 없다구."

"지난번이랑 얘기가 다르잖아. 가만히 있는 걸 일으켜 세우는 거라며?"

"물론 얌전히 있는 욕구를 끄집어낼 만큼 자극적인 여자들도 있지만 그저 본능이라는 놈 앞에서는 모든 여자들이 다 평등해. 다만 남자들이 널 보호했던 이유는……."

"이유는?"

"널 진심으로 아끼기 때문이야. 하룻밤 사냥감보다는 지속적이면서 발전적인 관계를 원하기 때문이라고."

"그러니까 내 여성성이 배제된 거잖아."

"모든 남자들에게 여자이고 싶어? 그런 거야?"

"그게 아니잖아. 나는 남자친구에게 버림받았어. 섹시하지 않다는 이유로……."

미사일로 나를 공격하던 지휘는 원자 폭탄을 맞은 사람처럼 멍하니 서 있었다.

"내가 언제 아무 남자한테나 섹시하겠대? 나한테 문제가 있나 그걸 확인해 보고 싶다는 거지. 그리고 나도 여자야. 어린애가 아니라구… 때로는 남자들의 시선을 끌고 싶은 나이라구!"

"그렇다 해도 나한테는 그러지 마. 다시 헌수 형을 만나서 유예기간을 달라고 하든지… 아님, 소개팅을 하든지… 내가 이런 말까지는 안 하려고 했는데…….."

지휘는 입을 다물었다. 나도 캐묻지 않았다. 이미 지휘가 말하지 않았던가… 좀 밝히는 헌수 형이 느끼지 못했다면 게임 오버 아니냐구…….

예고없이 삼수밴드의 연습실을 찾아갔다. 남자친구가 미리 알면 이리저리 머리를 굴리며 예상 답안을 끄집어낼까 보아서였다. 낡고 좁은 지하실 계단으로 내려가는데 미수 오빠의 베이스 소리와 태수 오빠의 드럼 소리만이 낮게 깔리고 있었다. 헌수 오빠는 없는 걸까? 연습실의 문을 열자 태수 오빠와 미수 오빠는 동시에 자리를 박차고 일어나며 물었다.

"어? 웬일이야?"

내 아무리 느닷없이 들이닥쳤다고는 하지만 너무 강하게 반응을 보이는 두 사람이다.

"이제 여기 왜 오냐는 듯이 들리는데?"

"아니, 그건 아니구. 그게 그러니까…….."

"태수 오빠! 왜 말을 더듬고 그래? 술 마셨어?"

"임마, 대낮부터 술은 무슨…….."

"별일없지?"

"임마, 대낮부터 별일은 무슨……."

"태수 오빠 왜 이래?"

"그러게. 너 왜 떨고 그르냐!"

"근데 헌수 오빠는 어디 갔어?"

"헌수 만나러 온 거니?"

"응."

"왜?"

"헌수 오빠한테 할 이야기가……."

어쩔 줄 몰라 하는 태수 오빠와 미수 오빠의 표정을 이상하게 여기고 있는데… 마침, 비품실에서 가슴을 풀어헤친 채로 헝클어진 머리를 긁적이며 나오는 헌수 오빠의 모습이 보였다.

"잡음 들리지 않게 연주 좀 하고 있으라니까… 왜 멈춘 거야?"

태수 오빠와 미수 오빠는 물론 그들을 질책하던 남자친구 역시 나를 보는 순간 얼어버렸다. 그리고 내가 그 이유를 묻기도 전에 방금 헌수 오빠가 나온 비품실에서 여자가 걸어나오고 있었다. 적당히 마른 몸에 하얀 피부, 동그란 눈과 갸름한 턱 선… 쉽게 말하자면 그녀는 미인이었다.

"소영아……."

이제 우리는 헤어졌으니 내게 이런 꼴을 보였다고 해서 미안해할 필요는 없다고 생각했다. 하지만 가슴이 소용돌이치는 바람에 나는 아무 말도 할 수 없었고, 두 다리에 힘이 쭉 빠지면서 미끄러지듯 자리에 주저앉고 말았다.

"오빠, 나는 괜찮아."

태수 오빠가 나의 몸을 일으켜 세웠다.

"나가자."

"아냐, 난 괜찮아."

"하나도 안 괜찮아, 임마. 이런 상황이 괜찮으면 네가 인간이냐… 일어나, 임마!"

버섯 모양의 조그만 케이크와 밀크 티를 내려놓고 가는 서빙걸의 뒷모습을 이유없이 오래 바라보다 나는 그만 웃고 말았다.

"좀 뻔한 스토리 같지만 어쨌든 영화 속 주인공이라도 된 것 같아 기분이 나쁘지는 않은걸."

"그렇게 말하지 마! 니 맘 다 알아."

"아냐, 진짜야."

"이제 와서 이런 말 하면 너는 팔이 안으로 굽는다고 생각하겠지만 그래도 헌수가 널 많이 생각했어. 그래서 헤어진 거야. 사실 너처럼 귀여운 여자친구를 섹시하지 않다는 이유로 굳이 차버리기야 하겠어. 밤일은 적당히 저런 여자들이 해결해 줄 텐데……"

"저런 여자라니… 직업이야?"

"그건 아닌데… 우리가 그래도 꼴에 밴드 아니니… 어디 가나 클럽 공연 마치면 여자들이 주변을 맴돌지. 그동안은 현수 자식 꿋꿋이 거절했는데…….."

"오빠들도 그랬어?"

"소영이 너는 이해하지 못하겠지만 우린… 남자잖아."

"이해해… 내가 남자라도 마다할 이유가 없을 거야."

"역시, 너는 이해심이 많다."

그렇게 말하는 미수 오빠를 노려보며 태수 오빠가 말을 이었다.

"꼭 그런 것만은 아닌데… 뭐라 할 말이 없다. 네가 남자라면 상황을 정확히 이해할 수 있을 텐데… 아무리 노력해도 너는 여자고 우리는 남자기 때문에 100% 이해는 불가능할 것 같아. 오히려 이해하려고 노력할수록 오해가 커질 수 있으니까… 그냥 원망해라, 소영아."

"사랑은 뭘까?"

"사랑은 섹스지!"

미수 오빠의 성급한 대답에 태수 오빠는 어쩔 줄 몰라 하며 말을 망설이고 있는데…

"나는 너를 사랑했어."

언제 왔는지 헌수 오빠가 조금 전과는 달리 말끔한 모습으로 내 앞에 나타났다.

"사랑했어?"

"응."

"사랑이 뭔데?"

"별수없이 너도 여자구나… 헤어지는 마당에 사랑이 뭐 그리 중요하다구……."

끼여드는 미수 오빠를 끌고 나가는 태수 오빠의 뒷모습을 보며 내가 애써 웃어 보였다. 사실 이런 상황에 굳이 웃을 필요까지는 없지만 왠지 아무렇지 않다는 모습을 어떻게든 보여주고 싶었다.

"단지 오빠를 흥분시키지 못했다는 이유만으로 차였다는 말은 사실 참기 힘들었어. 사랑의 휘발성에 대해서는 어느 정도 인정하니까… 그리고 나도 아직 사랑이었는지… 확신이 서지 않으니까… 아무렇지 않았어. 근데……."

"누가 그런 개소리를 해!"

"태수 오빠를 개로 만들 필요까지는 없잖아. 나를 생각해서 말해 준 건데……."

"이소영! 나는 너와 함께한 시간이 통째로 즐거웠어. 수다 떠느라 하나도 기억나지 않는 수십 편의 영화도, 삼수밴드 공연보다 축구 경기에 더 열광하는 네 모습도 정말 멋졌어. 먹고 싶은 거 하나도 없다면서 식당에 가면 다 먹지도 못하는 음식을 3인분씩이나 시키는 네가 귀여웠고."

"그런 건 궁금 사항에 포함되지 않아!"

"그럼 뭐가 궁금해?"

"사랑이 뭐냐구? 그거 물어보려고 온 거야."

"왜 너를 안고 싶지 않았는지는… 나도 잘 모르겠다만, 너는 내 이상형이었어!"

끝내 헌수 오빠는 사랑이 뭔지 대답을 주지 않았다. 혹을 떼지 못한 헛걸음이라고 하기에는 붙어버린 혹이 너무 컸다. 나를 보며 한 번도 의욕이 생기질 않았다고 했던 남자가 나와 헤어진 지 3일 만에 다른 여자와 몸을 비비고 있다니… 그걸 또 정확하게 날 것으로 목격을 하다니… 아픔을 전달하는 신경 세포가 아예 절단이 난 것처럼 아무것도 느낄 수가 없었다.

하지만 그런 가운데에도 '너는 내 이상형이야' 라는 헌수 오빠의 말은 나를 들뜨게 만들기도 했다. 마치 연애를 처음 시작하던 순간처럼 말이다. 역시 누군가의 이상형이 된다는 것은 이것저것 따지고 묻고 확인하고 검토하며 만들어가는 연애의 번거로움에 비해 상당히 낭만적인 면모를 띠고 있는 것 같다. 물론, 세상의 모든 이상형들이 그처럼 새콤달콤하게 만날 수 있는 것만은 아니다. 5년 전, 지휘와 내가 코미디 드라마의 주인공처럼 이상형을 찾아냈던 경우도 있으니 말이다.

　　미대 입시를 준비하던 시내를 따라 화실에 다니던 나는 보통의 여고생들처럼 호시탐탐 백마 탄 남학생을 노리고 있었다. 하지만 지휘와 늘 붙어 다니는 내 한계를 극복하지 못하고 나는 언제나 곁에 있는 남자라고는 지휘밖에 없는 비련의 여주인공을 자처하고 있었다. 사실 자처했다기보다는… 옆에 있는 지휘보다 괜찮은 남학생을 찾는다는 것 자체가 쉽지 않았으며 설사 찾았다 해도 그 정도 멋진 남학생이 나에게 넘어오기는 극히 드문 일이었다. 적어도 상대방의 내면보다는 눈에 보이는 것에 마음이 끌리는 십대들의 연애에는 그와 같은 것이 분명 존재했던 것이다. 하지만 언제나 기회는 있기 마련이었다.

　　"말도 예쁘게 하고 웃을 때 끅끅거리지 말고… 아무튼 잘해야 해! 내 남자친구 원래 소개팅해 주는 거 무지 싫어한단 말야. 근데 니가 말한 이상형이랑 너무 똑같은 애가 있어서 주선해 주는 거라고 했어."

　　"걱정 마. 지금까지 소개팅에서 전부 에프터는 받았잖아!"

　　"니가 지금껏 소개팅을 몇 번 했는데?"

　　"두 번."

　　"으이구, 그걸 전부라고 할 수 있냐?"

"어쨌든 100퍼센트잖아. 우왕~ 기대된다."

"남자친구랑 같은 농구 써클이니까… 키는 어느 정도 될 테구……."

"농구 써클? 그럼 지휘도 알겠네."

"지휘? 니 소꿉친구라는 애?"

"그럼 정말 괜찮아야 하는데… 아님, 지휘가 엄청 약 올릴 거야."

"근데… 울 민혁이보다 괜찮으면 어쩌지!!"

"민혁이가 니 이상형이라며?"

"이상형은 사람을 만날 때마다 바뀌는 거야."

"……."

"자자, 시간 다 됐으니까 얼른 마무리해."

나는 이젤 뒤에 숨어서 거울을 꺼냈다. 머리핀이 제대로 꽂혀 있는지… 입술에 바른 립글로스가 아직도 반짝반짝 빛을 내는지… 볼이 발갛게 상기된 것은 아닌지… 꼼꼼히 확인했다.

"그림 마무리하라니까 꽃단장 마무리하냐?"

시내는 내게 핀잔을 주고는 낙서만 가득한 내 캔버스를 보고 피식 웃었다.

"이런 남자가 있을까?"

콩닥콩닥 하는 가슴을 움켜쥐고 화실 입구의 계단을 내려가는데 시내 남자친구 민혁이의 모습이 먼저 눈에 들어왔다. 그리고 나의 이상형이라는 그 남학생은 민혁이와 마주 서 있는 바람에 뒷모습만 볼 수 있었다.

"괜찮아랏! 괜찮아랏! 괜찮아랏!"

"무슨 주문이 그렇게 시시하냐."

"시시해?"

"첫눈에 반해랏! 첫눈에 반해랏!"

그날 시내는 정말 첫눈에 반하고 말았다. 나의 이상형에게 말이다. 두 사람의 이상형이 일치하니 천생연분이라며 시내 남자친구가 데리고 나온 친구는 다름 아닌 지휘, 박지휘였다. 지휘 역시 자신의 이상형과 같은 여학생을 만나러 나온 모양인데… 서로의 이상형이 늘 붙어 다니던 소꿉동무라니… 한참 어이없어하는 지휘와 나 사이에서 시내는 그렇게 지휘에게 반해 버렸던 것이다. 첫눈에…….

현장 경험을 위한 자료 수집 차원에서 화끈한 비디오를 한 편 보고 있는데… 문득 사랑은 섹스라는 미수 오빠의 말이 떠올랐다. 그러고 보니 틀린 말은 아닌 듯싶기도 했다. 남매 간의 감정

교류는 아무 문제가 되지 않지만 섹스를 하면 근친상간이 되고 유부남과 유부녀가 친근감을 표현하면 문제되지 않지만 섹스를 하면 그 사랑이 인정되어 간통죄로 고소되니 말이다. 살색으로 멀겋게 흐려지는 화면을 진지하게 보고 있는데 지휘에게 전화가 걸려왔다.

[뭐 해?]

"섹스해!"

나는 스피커에서 쏟아져 나오는 신음 소리를 수화기로 들려주었다.

[엄청난데… 제목이 뭐야?]

능청스런 지휘의 반응이 재미없어 나는 비디오를 끄고 화장실로 향했다.

"나는 정말 잘할 수 있을 거 같아."

변기 위에 앉자마자 대책없이 떠오르는 생각을 바로 토해 버렸다.

[잘하는 게 뭔지나 알아?]

"여하튼 잘할 거… 끙~ 같아, 끙……."

[야 흉내를 내려면 제대로 해. 그런 신음 소리는 화장실에서 나오는 거잖아.]

"나 지금 화장실이야."

[……]

지휘는 내가 너무 한 가지에 몰두하고 있다며 바람 쐬러 가자고 했다. 그동안 아무도 모르게 혼자 찾아가던 곳인데 특별히 공유하겠다며 말이다. 그동안 나도 모르게 혼자 드나들던 곳이라고 말하니 기대가 크기도 했는데… 기대만큼 멋진 곳은 아니었다.

거의 평지에 가까웠지만 단단한 시멘트 바닥에 길들여진 내게는 흙을 밟고 나무토막을 밟는 것조차 힘겨운 등산 코스로 느껴졌다.

"나 정신 순화 다 된 것 같거든!"

"아직 아냐."

"아씨, 별것도 없잖아. 그만 가자… 응?"

지휘는 징징거리는 나를 무시하고 앞서 가기 시작했다.

"아무래도 너 혼자 계속 간직하는 게 좋을 것 같은 곳이야. 사람은 누구나 혼자만의 장소가 필요한 법이거든… 생각만으로도 고맙다. 나 먼저 간다~"

지휘는 걸어간 길을 되돌아와서 내 손목을 잡고 잰걸음으로 산을 올랐다. 토요일이었지만 아직 이른 시간이라서 그런지 장사하는 사람들의 표정에도 여유로움이 깃들어 있었다.

"왜 또?"

96

걸음을 멈춘 나를 돌아보며 지휘가 짜증 섞인 음성으로 물었
다.

"…마려워."

"좀만 더 가면 화장실 있어."

"급해."

못 말린다는 표정으로 지휘는 나를 이끌었다. 대낮의 숲 속은
은밀하다기보다 음침하다는 사실을 처음 알았다.

"여기서 보라구?"

"응, 잽싸게 보구 나와."

"야! 그냥 가면 어떡해?"

"그럼 구덩이라도 파줄까?"

"망을 서줘야 할 거 아냐? 그러다 지나가는 사람이라도……."

"별걸 다 시켜요, 이제."

지휘는 나와 한 발짝 떨어져서 주변을 둘러보았다.

"얼른 시작해."

"……."

"아직 멀었어?"

"이렇게 사방이 뚫린 장소에서 것도 대낮에 나올 리가 있겠
어?"

"유도 배출해 봐."

"뒤돌아보지 마."

"보고 싶지도 않아."

아무리 허물없이 지내는 친구라지만 사실 쪽팔렸다. 하지만 생리 현상은 언제나 체면을 차리지 않는다.

"소영아~ 주변에 폭포가 있나 보다. 콸콸콸~"

"너~ 어!"

지휘가 그렇게 보여주고 싶어했던 것은 청평사 안뜰에 심어진 800년 된 나무였다. 반쯤 벗겨진 나무거죽과 시커먼 나뭇가지가 쓰러질 듯 그러나 힘있게 뻗어 있어 나무는 웅장하다기보다 온화하다는 느낌을 주었다. 나는 두 손으로 눈을 꼭 가리며 말했다.

"상상도 할 수가 없잖아."

"뭐가?"

"800년 말야. 아무리 상상을 해보려 해도 느껴지지가 않아."

"네가 너무 순간에만 집착을 해서 그래."

"너는 느껴져, 저 시간들이?"

"아니, 실은 나도 감이 안 와. 어떻게 800년을 한 자리에 서 있을 수 있는지……."

"지휘야!"

지휘는 나를 바라보며 천천히 대답했다.

"응?"

"다시 태어나면 사람이 좋을까? 나무가 좋을까?"

"사람으로 태어나면 짧은 생이지만 희로애락을 느낄 수 있을 테고… 나무로 태어나면 오랜 세월 그저 묵묵히 살다 갈 수 있으니 둘 다 괜찮다, 나는."

"그래도 나무는 좀 갑갑하지 않아? 한곳에서 저렇게 꼼짝 않고 오래 있어야 하니 말야."

"세월의 변화를 느낄 수 있잖아. 10년을 하루처럼 그렇게 생각해 봐. 지루하지는 않을 거야. 물론 그만큼 감당해야 하는 아픔도 많겠지만……."

"그래서 나무에게는 상처가 많구나. 봐봐, 온통 상처투성이잖아."

"시간이 남긴 상처."

"그래… 시간이 남긴 상처."

"저기 작은 새 한 마리 보이지?"

"응."

"항상 저렇게 앉아 있다!"

"예쁘다, 색이 참 특별해!"

"맞아, 특별해!"

빨간색과 노란색으로 온몸을 채색하고 있는 작은 새 한 마리가

어두운 나무 그늘에 요염한 자태
로 앉아 있었다. 어떤 질문을
해도 모르는 체하며 대답해
주지 않을 것같이 새침해 보
였지만 800년이나 한곳을 지
킨 나무의 마음만큼은 누구보다
잘 알고 있다는 자신감 넘치는 표정을
하고 말이다.

"나무와 새는 같은 공간에 있지만 사실 엄청난 시간의 간격이
그 사이에 있어. 그걸 보면 위로를 받을 때가 많아."

"어떤 위로?"

"많은 아픔과 외로움을 혼자 견뎌낸 나무잖아. 엄청난 세월의
무게를 작은 새 한 마리가 헤아릴 수나 있겠어? 그런데도 함께 있
으니 나무가 쓸쓸해 보이지 않아. 아무것도 해결해 줄 수 없는 새
한 마리인데 함께 있으니 나무가 참으로 행복해 보여."

"지휘야."

"응?"

우리는 다음 대사를 거침없이 함께 읊었다.

"우리는 다시 태어나도 친구하자."

"사람으로 태어나든……."

"수목으로 태어나든……."

나무를 올려다보고 있는 지휘의 눈빛은 그윽하기까지 했다. 그래, 지휘야! 나도 너랑 함께할 수 있어 참으로 행복해. 근데 너는 나무의 소원을 들어줄 수 없는 작은 새가 아니잖아. 내게 해줄 수 있는 게 있는데 왜 듣지 않는 거니… 응?

"그 많은 기억이 전부 추억이 될지는 모르겠지만 우리에게는 한 번 풀면 박물장수 보따리보다 넘쳐나는 공감이 있어. 그 안에 촘촘히 너무 많은 행복들이 박혀 있을 거야. 니가 좋아하는 초콜릿 쿠키처럼… 너는 지금 니가 얼마나 위험한 짓을 하고 있는지 모를 거야. 하지만 자칫하면 니가 그렇게 아무렇지도 않게 생각하는 일 때문에 우리가 그동안 쌓아온 모든 추억이 손상될 수도 있어. 그러지 말자, 소영아."

합의를 요구하는 가해자처럼 지휘는 내게 확답을 요구했지만 나는 난처한 얼굴로 지휘를 보았다.

"향냄새 때문인가?"

"머리 아파?"

"아니, 배가 고파."

지휘는 피식 웃더니 나의 손을 잡고 법당으로 향했다.

법당 안에는 젊은 보살님이 불상 앞에서 정성껏 절을 올리고 있었다. 무슨 소원을 저리도 간절하게 부탁하는 것일까? 그렇게 해서 이루어질 소원이라면 나도 기꺼이 머리를 조아리겠는데……

"향냄새가 몸을 편안하게 한다잖아. 아마 긴장이 풀려서 그럴 거야."

지휘는 가방 안에서 음식들을 꺼냈다. 언제 준비했는지… 전부 내가 좋아하는 음식들만 줄지어 나오고 있었다.

"김밥, 포도 주스, 샌드위치, 푸딩에 와와~ 딸기까지 있네? 이런 거 처음 보는걸."

지휘는 내 얼굴에 김밥을 들이밀며,

"처음 봐?"

조금은 겸연쩍게 웃으면서 말이다.

"응, 처음 봐."

"그럼 이것도 처음 봐?"

"응, 그것도 처음 봐."

"그럼 얼른 먹어봐."

"감사히 먹겠습니다."

지휘와 나의 웃음소리가 법당을 살며시 흔들어 하늘까지 전달되고 있었다. 바람도 구름도 우리의 다정한 모습에 질투를 느끼는 듯했다.

우리는 약수 물이 흐르고 있는 물받이에서 딸기를 씻었다. 무채색의 물받이 안에 흐느적거리는 조그마한 나뭇잎과 유난히도 빨간 딸기 하나가 선명한 대비를 이루면서 함께 둥둥 떠다니는 모습을 나는 한참 바라보았다. 지휘도 한참 바라보았다.

돌아오는 길에는 조금씩 내리는 비를 만났다. 대합실이 자그맣게 마련된 통통배 위에서, 네모난 세상은 후두둑 후두둑 갑작스레 떨어지는 비에 당황하고 있는 듯했다.

그렇게 천천히 움직이는 통통배와 네모난 창으로 밀려들어 오고 밀려 나가면서 교체되는 풍경을 말없이 바라보고 있는 지휘에게 나는 간곡하게 부탁했다.

"일주일만 내게 시간을 줘."

"뭐?"

"내 성격 알잖아, 썩은 무라도 베야 하는 것."

기가 막히다는 얼굴로 지휘는 다리를 걷어 부쳤다.

"자, 썩은 무라도 베!"

"내. 원. 참… 그게 유머냐? 글구… 무라고 하기엔 너무 예쁘
다, 니 다리."

내 말에 조금 쑥스러웠는지 지휘는 잡고 있던 바지 자락을 슬
며시 놓았다. 그리고는 고개를 돌려 몰래 웃었다.

몸과 마음이 편하게 웃고 있다. 이별의 스트레스와 여자로 거
듭나겠다는 다부진 각오가 아무도 모르게 나를 긴장시키고 있었
나 보다. 돌아오는 기차 안에서 지휘와 끝말잇기를 하다 내 차례
에서 그냥 잠이 들어버린 것이다.

"박박박 자로 끝나는 것은 박지휘~"

라고 말하려 했는데 외면할 수 없는 긴 잠이 나를 끌어들였다.
그리고 얼마의 시간이 지났을까… 까맣게 잠이 든 나의 머리를
자신의 어깨에 조심스레 기대놓는 지휘의 손길이 느껴져 나는 기
분 좋게 잠에서 빠져나왔다.

"지휘야! 이상형을 만나면 사랑에 빠지는 걸까?"

"깼어?"

"헌수 오빠는 나를 사랑했대. 내가 이상형이었대."

"이상형은 없어. 있어도 순수한 단어가 아냐."

"왜에?"

"너는 네 이상형을 첫눈에 알아볼 수 있어?"

"겨우 생긴 것 정도만."

"거 봐… 외모로 이상형을 정한다는 것도 순수하지 않잖아. 게다가 내가 정해놓은 기준에 맞는지 이것저것 따져 보아야 하는 거잖아. 그럼 순수할 수가 없지. 좋은 건 그냥 좋은 거야!"

"하지만 그렇다면 누구하고나 사랑을 할 수 있는 거잖아. 어떤 기준도 없으면 말야."

"그게 사랑이라니까… 누구하고나 가능하기 때문에 알 수 없고 짜릿한 것."

"그럼 애정과 우정… 아님, 연민이나 호감 등과 사랑을 구분하지 못할 수도 있는 거 아냐?"

"수많은 개성과 폭발하는 만남 속에서 내가 좋아하는 타입을 만나는 게 더 짜릿하지 않을까?"

"헌수 형이 너의 이상형이었어?"

"아니, 그때는 이런 생각을 하지 못했어. 네 말대로 헤어져 봐야 아는 게 사랑인 줄 알았어. 물론 오빠가 싫지는 않았지만……."

"누군가 나를 좋아한다는 말을 들으면 사람들은 감동을 하게 돼. 그걸 사랑이라고 착각할 수도 있고…….”

“그건 아니었던 거 같아.”

“네가 헤어지고 나서도 사랑 여부를 알 수 없다는 것은…….”

“알 수 없다는 것은?”

“그 사람을 사랑하지 않았기 때문일 거야…….”

“그런 걸까?”

“응, 그런 걸 거야…….”

나는 다시 지휘의 어깨에 기대 눈을 감았다. 헤어진 남자친구는 내가 이상형이었다고 말했고, 그래서 사랑했노라고 했다. 나도 뽑기에 당첨되었을 때처럼 내 이상형을 찾아내는 짜릿한 기쁨을 사랑이라고 간단히 믿어버리고 싶다. 하지만 지휘는 단호하게 말했다.

이상형은 없다! 있어도 순수하지 못하다고…….

“근데 소영아?”

“응?”

“고2 때 말야. 우리가 미팅으로 만났을 때…….”

“응.”

“넌 이상형을 뭐라고 말했던 거야?”

“몰라… 기억 안 나.”

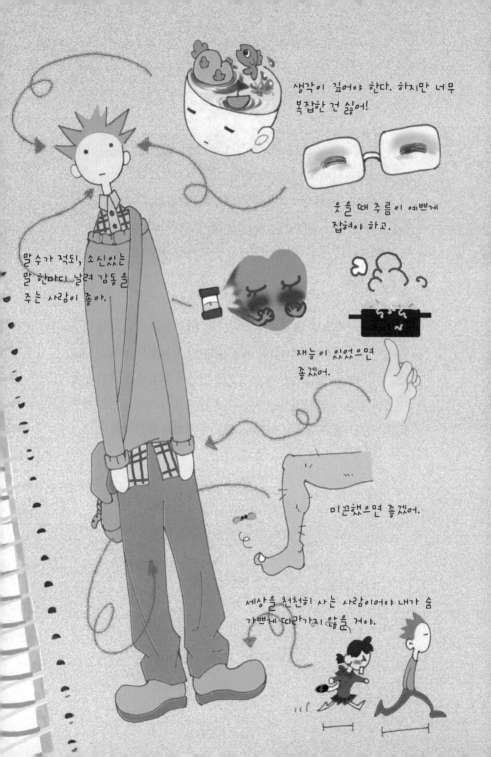

"뻔해 보이는 매너보다는 조금 서툴러도 배려 있는 사람이 좋고, 친절하면서도 책임감이 강하며 어떤 상황에서도 거짓말을 하지 않고 나를 이해시켜 주었으면 좋겠어. 어려움이 닥쳤을 때 희망없는 좌절이나 대책없는 낙관보다는 적당한 희망과 성실한 대책을 마련하는 사람이어야 하고… 여자에게 의무감으로 베푸는 희생은 사양할래."

나는 내 이상형을 시내에게 자세히 설명해 주었었다. 사실 나는 내가 말하는 이상형이 지휘와 조금 닮아 있다는 것을 점점 느끼고 있었다. 지금도 변함없는 내 이상형에 관해서 지휘에게 굳이 생각이 나지 않는다고 거짓말을 하는 이유는… 내가 사실대로 말하면 지휘는 잘난 척 뻐대면서 이렇게 말할 게 뻔하기 때문이다.

헛헛, 내가 그렇게
멋진 남자였단 말야.

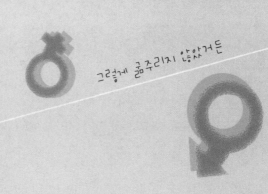

그렇게 굶주리지 않았거든

나는 욕조에 첨벙 들어가 혼자 쿡쿡거리며 웃었다. 장소가 장소니
만큼 예열이 필요없을 것 같다는 생각이 들었다. 게다가 음담패설
로 입맛까지 당겨놓았으니 이번에는 그냥 넘어가지는 못할 거라는
생각이었다. 물론 처음부터 이럴 생각은 아니었다. 다만 나는 기회
를 잘 이용하고 있을 뿐이다.

the fourth day

그렇게 굶주리지
않았거든

　　엄마는 지금 가장 행복한 얼굴로 지난 여행에서 찍은 사진들을
정리하고 있다. 하나밖에 없는 딸의 아픔도 모른 채 자신의 인생
에만 심취해 있다니.
　　"너무한 거 아냐?"
　　"뭐가 어때서 그래?"
　　엄마는 발리에서 입은 엄마의 비키니 수영복을 나무라는 줄 알
았나 보다.
　　"에게… 근데 이게 뭐야?"

"니 아빠가 글쎄 처음에는 혼자 보기 아까운 몸매라면서 부추겨 놓고는 관광객들이 엄마한테 시선 보내고 그러니까 엄마 몸을 타월로 친친 감아놓는 거 있지."

"엄마 몸이 그 정돈가?"

"목욕탕 가면 아가씨들도 부러워해."

"근데 엄마는 아빠가 첫 남자였어?"

"그렇지 않구… 엄마가 말해 주었잖아, 아빠랑 어떻게 재회했는지……."

"그래… 그런데 지겹도록 들었던 그 고리짝 러브스토리 말구… 아빠가 엄마의 첫 남자였냐구……."

"어째 대답하기 좀 그렇다! 그냥 묻는 거라면 질문 거두어줘… 너의 가벼운 호기심에 엄마의 순정을 더럽히기는 싫으니까."

"엄마는 왜 맨날 말도 안 되는 소리를 그렇게 어렵게 해! 글구 가벼운 호기심이 아니야. 나는 지금 무지무지 무지 진지해."

"무지무지 무지?"

"중요한 말은 그렇게 반복해도 된다고 했어, 지휘가."

엄마 얼굴에 약간의 긴장감과 망설임이 배어 나왔다.

"소영아! 그런 거라면… 엄마한테 고백하지 않아도 돼. 아무리 자식과 부모 사이지만 서로 말하지 않아도 될 부분이 있는 거야. 엄마가 아빠와의 그러니까… 음……."

"섹스."

엄마는 나를 짧게 흘겨보았다.

"아무튼 엄마도 너에게 얘기하지 않은 부분이 있어. 엄마가 가진 여자로서의 프라이버시니까… 그걸 너에게도 인정할게."

"또 무슨 말을 그렇게 어렵게 하는 거야!"

"하지만 엄마는 네가 언제나 적극적이며 주체적인 여성이 되기를 바라. 네 나이 때는 남자친구를 위해서 사랑을 하게 되는 경우가 많거든. 강요당하기도 하고… 그건 싫다. 엄마는 네가 그런 여자는 아니었음 좋겠어. 엄마로서… 친구로서… 같은 여성으로서……."

역시 엄마는 시대를 앞서 간다. 고로 내 고민까지도 무시하고 너무 앞서 갔다.

"엄마! 나는 지금 엄마한테 첫경험에 대한 고해성사를 하고 싶은 게 아니야… 남자들이 나를 도통 여자로 안 보니까… 그게 고민이 되어서 그런다구… 이제 나도 성인인데 밤낮 지휘랑 딱지치기만 할 수는 없잖아!"

엄마는 긴, 긴 안도의 한숨을 쉬었다.

"여자에게는 반드시 자기만의 시절이 오기 마련이야. 서두르지 마."

내 편은 어디에도 없다는 생각에 허탈해지려는 마음을 안고 집을 나섰다.

"엄마! 오늘 도서관에서 지휘랑 밤샐지 몰라… 기다리지 마세요."

도서관에는 빈자리가 없었다. 대학생이 되면 언제나 놀기만 하면 되는 줄 알았는데… 자리 경쟁을 하고 있는 학생들을 보며 왠지 억울하다는 생각이 들었다.

"나는 경쟁이 싫어."

"경쟁도 너 싫어해."

지휘다운 대답이다.

"어떡할래?"

"기다려 보면 자리 나지 않을까?"

"그냥 집에 가는 게 어때?"

"새벽까지 공부하다가 숨 막히는 지하철을 타고 학교에 오자고?"

"달리 방법이 없잖아."

지휘와 나는 아무런 대책 없이 어항 속 물고기를 구경하듯 도서관 유리창에 나란히 턱을 괴고 한여름의 열기보다 뜨거운 학구열을 구경하고 있었다.

"역시 나는 똑똑해. 좋은 생각이 떠올랐어."

의심스럽다는 듯 지휘가 나를 보았다.

"공부하지 말자고? 낼 보는 시험 3개 F 나오면 나는 쓰리고인
데?"

"아니, 우리 둘만의 장소를 생각해 냈어. 예전에 시내네 학과
애들이 공동 작업을 그렇게 하더라구… 자~ 나만 믿고 따라와."

나는 의기양양해서 지휘를 이끌고 도서관을 빠져나왔다.

"뭐야? 이런데 왜 들어가? 것도 대낮부터… 것도 너랑 내가?"

"왜 딴생각을 하고 그래? 조용히 공부하자는 건데……."

"너는 등산 갈 때 수영복 입고 가니?"

"너는 수영하러만 바다에 가니? 기분 전환하러 갈 때도 있고 울고 싶어서 갈 때도 있지. 여기서 공부하면 얼마나 좋아… 침대도 있으니 피곤하면 쉴 수도 있고, 냉방도 잘되고 비디오 자료도 볼 수 있고… 더할 나위 없이 좋아……."

"그렇게 좋으면 너나 실컷 해."

"너는 무슨 애가 그렇게 유연하지가 못하니… 잔말 말고 어서 따라와."

내가 지휘를 데리고 간 곳은 학교 뒷골목에 새로 자리를 튼 러브호텔이었다. 대학 주변에 향락 문화를 부추기는 이런 시설들이 늘어나는 것에 대해 각종 매스컴은 앞 다투어 비난을 퍼붓고 있지만 어떤 이유로 들어섰든 바르게 이용하면 된다고 생각했다.

"방 있어요?"

"미성년자 아니지?"

"네, 그럼요."

의심스러운 눈으로 지휘와 나를 번갈아 쳐다보는 주인 아저씨의 시선이 부담스러웠는지 지휘는 이상한 변명을 늘어놓기 시작했다.

116

"저희는 저기 학교에 다니는 대학생이에요. 지금은 시험 기간인데… 그러니까 저희는 어렸을 때부터 친구거든요. 그런데 이런 곳에 온 이유는요."

"너, 왜 그래? 아저씨, 열쇠 주세요."

"미성년자 아닌 거 맞지? 남의 장사 말아먹을 생각하지 말고 똑바로 말해."

"아니에요."

"그러니까 저희는 지금 시험 공부를 하기 위해서… 도서관에는 자리가 없는데 집에 가버리면 저번처럼 새벽까지 공부하다가 아침에 일어나지 못해 시험을 못 볼 수가 있기 때문에… 학교 근처에서……."

"1박 할 건가?"

"네."

"저희는 친구 사이로……."

나는 횡설수설하는 지휘를 끌고 203호 실로 향했다.

"멍청아! 너는 슈퍼에서 초콜릿 사면서도 이건 니가 먹을 건지 동생 줄 건지 선물할 건지 그런 거 다 설명하냐?"

"내가 동생이 어디 있어."

"우린 성인이야. 합법적으로 섹스가 허용된 나이라고."

꽃분홍 벽지가 아늑하게 둘러진 복도를 걸으며 지휘는 섹스라는 말에 흥분을 했다.

"우린 섹스하려고 온 게 아니잖아."

앞서 가던 연인이 언짢은 눈으로 우리를 돌아보았고, 나는 서둘러서 지휘를 끌고 203호 방으로 들어갔다.

"어때 생각보다 괜찮지? 너는 여기 화장대에서 공부해. 나는 원래 엎드려서 하는 걸 좋아하니까 침대에서 할게."

"마뜩치가 않아."

"너 침대에서 해봤어?"

"썰렁해."

"그럼 이건 모를걸… 여자는 다리가 몇 개야?"

"공부하러 왔으면 공부나 해."

"빨리 대답해 봐. 여자는 다리가?"

"2개지, 당연히!!"

"남자는 다리가 몇 개야?"

"4개."

"4개? 왜 남자 다리가 4개야?"

"짐승이잖아."

"크크크크… 재미는 있는데 틀렸어. 인간 남자의 신체를 생각해 봐봐. 다리처럼 축 늘어진 게… 남자는 다리가 세 개야……."

"우, 재미없어."

"그럼 침대는 다리가 몇 개지?"

"4개… 이제 시시한 얘기는 집어 치워."

"그럼 여자와 남자가 침대 위에 누워 있으면 다리가 모두 몇 개?"

"재미도 없는 얘길 왜 하고 있냐? 당연히 9개이지."

"8개이지."

"남자는 다리가 3개라며?"

"잘 봐. 남녀가 침대 위에 있으면 남자의 다리 하나는 사라지잖아. 휘리릭~"

"넌 어렸을 때부터 그런 얘길 잘도 주워 모으더라……."

"다시 기회를 줄게. 이번에는 다른 남녀가 침대 위에 있어. 그럼 남자와 여자와 침대의 다리는 모두 몇 개?"

"8개라며?"

"틀렸어, 9개야. 여자가 손으로 해주고 있거든."

지휘는 대꾸도 없이 내게 책을 집어 던졌다.

"너는 너 자체가 음담패설이야!"

"칫! 그럼 넌 공부나 해라."

"어디 가?"

"샤워 좀 하려구."

"샤워는 왜?"

"돈 내고 들어왔으니까 있는 시설은 다 이용해야 할 거 아냐, 덥기도 하구."

"수작 부리지 마!"

나는 욕조에 첨벙 들어가 혼자 쿡쿡거리며 웃었다. 장소가 장소니만큼 예열이 필요없을 것 같다는 생각이 들었다. 게다가 음담패설로 입맛까지 당겨놓았으니 이번에는 그냥 넘어가지는 못할 거라는 생각이었다. 물론 처음부터 이럴 생각은 아니었다. 다만 나는 기회를 잘 이용하고 있을 뿐이다.

"지휘야! 너 그거 알아?"

나는 내 목소리가 잘 들리도록 욕실 문을 조금 열어두었다.

"현대 영문학 교수가 여자 엄청 좋아하잖아."

"목욕이나 해."

"어쨌든 여학생들이 전체적으로 점수 따기 좋은데… 영아 선배는 글쎄 한 번도 리포트를 내지 않고도 A⁺를 받았다는 거야."

"나도 그 얘기 아니까 문 닫고 목욕이나 해."

"언니언니, 어떻게 A⁺를 받았어요, 그랬더니 선배가 그러는 거야. 너도 대줘! 교수한테 대주면 돼. 세상에 그게 선배로서 할 말이니? 근데 그래도 궁금하기는 하잖아. 그래서 내가 물어봤지. 그럼 언니는 대준 거예요? 그랬더니… 응, 김 교수 엄청나… 완전 터미네이터라니깐. 그러면서 밤에 있었던 얘기를 다 해주는 거 있지. 첨에 김 교수가 그러더래. 자기는 긴장된 장소에서 하는 걸 좋아하니까 노 팬티에 치마 입구 연구실로 오라구… 옷을 벗기는 것도 싫어하니까 반드시 노 팬티여야 한다고 주장을 하더란다, 글쎄. 그 교수 변태 아니니?"

"네가 더 변태 같아!"

언제 왔는지 지휘는 욕실문을 쾅~ 하고 닫아버리며 말했다.

"김 교수보다 네가 더 변태 같아!"

찬물로 몸을 단단히 단련시키고 샤워 가운을 걸쳤다. 거울 속에 비친 내 모습이 꽤나 마음에 들었다. 촉촉하게 젖은 머리와 가늘게 뻗어 나온 종아리… 이래도 니가 안 넘어오는지 어디 보자.

"뭐야? 왜 그러고 나와?"

뭐가 문제야? 니가 말했잖아.

"나한테 넘어오지 않을 자신있다며?"

"민망하니까 그렇지."

"그럴 거 없어. 넌 책이나 들여다 봐."

나는 머리를 빗기 위해 화장대로 다가가 지휘의 어깨에 손을 올리며 거울을 보았다. 초자연적인 야성미가 풀~ 풀~ 나오고 있었다.

"너, 내 가슴 보고 싶다고 그랬었지?"

"내가 언제 그런 말을 해!"

"니가 안 그랬다구? 정말 안 그랬다구?"

"그땐… 중학생이었잖아. 친구들이 포르노 잡지 하도 보여주니까, 너는 어떨까 상상하게 되고 상상만 하는 게 답답하니까 보고 싶다고 했던 거지… 중학생 때."

"그때는 내가 마음의 준비가 안 됐었거든."

"저리 가! 징그러~ 너 솔직히 말해! 이러려고 왔지? 그래서 도서실에 자리 있는지 제대로 찾아보지도 않고 이런 곳에 날 데리고 온 거지?"

"훗훗……."

나는 지휘의 등에 가슴을 묻으며 드라이어의 소음으로 지휘의 투정을 지워 버렸다. 그리고 가능한 지휘와 맞닿을 수 있도록 노력하며 몸에 바디 크림을 발랐다. 지휘는 나를 피해 몸을 이쪽저쪽 틀었고 급기야 침대로 도망갔다. 나는 쪼르르 지휘를 따라갔다. 그리고 지휘 옆에 나란히 누웠다.

"이렇게 둘이 있으니까 기분이 색달라… 그지?"

"네가 너무 색스러워서 그래."

"왜 이렇게 땀을 삐질삐질 흘려. 공부하느라 힘들어서 그렇구나… 내가 어깨라도 주물러 줄까?"

나는 지휘의 등짝으로 홀쩍 뛰어올라 어깨에 손을 올렸다. 그러자 지휘는 불에 덴 사람처럼 화들짝 놀라서 나를 피해 도망갔다. 나는 본래의 목적을 잊은 채 지휘의 그런 모습이 너무나 재미있어서 악착같이 쫓아다녔다.

"정말 느물느물해서 못 참겠네. 저리 가, 저리 가란 말야~"

"뭐가 어때서? 이제 좀 더 서로를 알아보자는 건데… 섹스도 일종의 커뮤니케이션이야. 본능에 솔직해질 때 우린 서로를 더 이해할 수 있게 될 거라구… 니가 걱정하는 것과 달리 그것도 하나의 추억이 될 수 있을 거야."

지휘는 침대 속으로 들어가 몸을 이불로 둘둘 말았다.

"안 돼, 절대 안 돼. 나는 너한테 의욕도 없고, 이건 있을 수 없는 일이야."

"생각없다면서 왜 겁은 먹고 그래. 이리 와봐, 누나가 잘해줄게……."

"저리 안 가! 가! 가! 빨리 나한테서 떨어져! 저리 가!"

나는 끝내 웃음이 터지고 말았다. 어쩌면 남자를 유혹하지 못해서 나만 여자가 되지 못한 게 아닌 것 같다는 생각이 들었다. 유혹의 손길을 뻗는 여자친구가 무서워 기리기리 날뛰며 도망 다니는 지휘에게 끌리지 않는 것은 나도 마찬가지였기 때문이다.

실랑이에 지쳐 시험이고 뭐고 전부 팽개치고 잠들어 있던 우리를 깨운 것은 지휘 어머니의 전화였다.
오늘 지휘의 사촌 지민이가 일본에서 귀국한다며 마중 나가라는 분부를 내리신 것이다. 그래서 지휘는 그럴 듯한 핑계로 이곳을 빠져나갈 수 있었고 궁전파크라는 이름의 러브호텔에 나는 혼자 남게 되었다.

'궁. 전. 파. 크… 그럼 나는 공주인가? 누가 나를 좀 구출해 줄 수 없을까? 이 많은 방들에는 젊은 남녀가 사랑의 호흡을 맞추고 있겠지? 사랑이 아니라 지휘와 나처럼 우정의 대화를 나누고 있을 수도 있겠지? 아님, 매혹적인 여자의 눈빛에 포로가 되어 단 하루의 화끈한 관계를 만들고 있겠지?'

그런 생각에 나는 왕따가 된 듯한 기분이 들었다.

"그래, 나도 지민이나 만나러 가자."

나는 마음을 고쳐 먹고 짐을 챙겨 궁전에서 빠져나왔다.

지휘의 사촌 지민이는 사실 나의 세 번째 짝사랑이었다. 지휘에게 사촌형이기는 하지만 우리와 나이가 같아서 지민이 아버지가 일본 지사로 발령받기 전, 그러니까 우리가 모두 12살이었을 때는 친구처럼 함께 어울려 놀 때가 많았다. 그때 지민이네는 울산에 집이 있었지만 방학 때마다 작은 아버지 댁인 지휘네로 유학을 왔었고, 그러면 나는 적성에도 없는 공부를 하며 지민이를 오빠랍시고 따라다녔다.

겨우 12살이었지만 지민이는 지휘와 많이 달랐다. 딱히 더 어른스러운 행동을 한다거나 사려 깊은 것은 아니었지만 지휘보다는 남자 같은 냄새가 났다. 키도 한 뼘 정도 큰 데다가 목소리도 두꺼웠다. 초경을 12살에 했던 나 역시 당시에는 지휘보다 한 걸음 먼저 성장의 계단을 밟고 있었기에 지휘보다는 지민이 쪽이 보다 멋있어 보였었다. 꼭 두 사람을 비교해서라기보다, 그동안 소영이의 세상에 남자는 박지휘뿐이었다면 갑자기 나타난 박지민은 별나라에서 온 왕자님같이 느껴졌던 것이다.

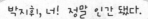

아직 지휘와 지민이가 도착하지 않은 듯했다. 그래서 나는 지휘의 집 앞에 쪼그리고 앉았다. 어떻게 변했을까? 혹시 살이 많이 찌거나 더 이상 키가 크지 않아서 볼품없이 되지는 않았을까? 지민이가 멋지게 성장하지 못했다고 해서 사실 뭐가 달라질 것도 없다. 다만 내 기억 속에서만은 완벽했던 한 소년이 흉측하게 변해 있다면 나는 세상이 싫어질 것 같았다. 왜 모든 것을 변하게 하느냐고 억지라도 부리고 싶어질 것 같았다.

"외모는 조금 망가졌더라도… 그래도 멋진 말과 행동은 여전하겠지……."

어쨌든 나는 긍정적인 기대를 하고 싶었다. 시간도 어쩌지 못하는 것이 있지 않은가… 한 사람의 가치관이라든지 내면이라든지 저 깊은 자아라든지… 아마도 그런 것은 변하지 않았으리라. 그렇게 생각하니 지민이를 기다리는 마음이 더욱 부풀어오르고 있었다. 나는 나뭇가지를 주어서 땅바닥에 꼬마 지민이를 그려보았다.

"지민아, 안녕! 지민아, 안녕!"

나는 은근히 나의 성장한 모습을 보며 지민이가 감동이라도 해주길 바랐고, 그런 지민이에게 어른이 된 나를 과시하고 싶어졌다.

혹시 나를 알아보지 못하지는 않겠지? 에~ 그럼 어때, 내가 먼저 와락~ 안아줄게. 그리고 우리 둘만의 시간이 허락된다면 그 옛날 소녀였던 소영이가 지민이를 얼마나 좋아했었는지 전부 이야기해 줄게. 이별을 처음 알게 했던 내 사랑인데…….

　기실, 12살의 소녀에게 이별이란 죽음과도 같은 것이었다. 길게만 느껴졌던 방학이 끝나고 고향으로 돌아가기 위해 짐을 챙기는 지민이의 모습을 보면서 나는 이제 다시는 나의 왕자님을 만나지 못할 것처럼 가슴이 저려왔다. 그렇게 애닳는 마음도 모르고 지휘는,

　"형! 그 로봇은 나 주고 간다 했잖아."

　철없는 소리만 했었다.

　"아참, 그랬었지. 그래, 이제 이 로봇의 주인은 너야. 자, 가져. 그런데 이를 어쩌지? 우리 소영이에게는 줄 것이 없으니……."

　너무나 의젓한 지민이의 모습에 나는 급기야 눈물을 쏟았다. 흐르는 눈물을 손등으로 쓱쓱 닦고 있는 내게 지민이는 다가오며 말했다.

　"눈물은 이렇게 닦아야 해."

　지민이는 손수건으로 나의 눈물을 꾹꾹 눌러주며 흐트러진 내 머리칼을 귀 뒤로 넘겨주었다.

　"이렇게 눈물을 닦으니 하나도 아프지 않지?"

　"눈은 아프지 않은데 마음이 너무나 아파."

　"소영아, 사람은 누구나 생각할 수가 있어. 너 나랑 떨어져 있

어도 내 생각 할 수 있지?"

나는 고개를 끄덕거렸다.

"나도 네 생각할 수 있고……."

"오빠도 내 생각할 거야?"

"물론이지… 그렇게 우리가 서로를 생각하고 그리워한다면 우린 함께 있는 거야. 시간은 절대로 멈추지 않거든… 시간이 흘러서 우리를 다시 만나게 해줄 거야. 그때까지 절대 잊지 말고 항상 머리 속에서 함께하기다."

지금 생각해 봐도 멋진 이별이었다. 12살의 소년에게서 나올 수 있는 대사라고는 믿어지지가 않을 정도로 지민이는 멋있었다. 하지만 12살의 어린 나에게 그런 말들이 제대로 이해될 리는 없었다. 그저 어떻게 하면 지민이를 가지 못하게 할 수 있을까, 고민했고 이것이 어린 내가 할 수 있는 최선의 방법이었다.

그날 밤, 우리는 마루에서 셋이 나란히 누워 잠이 들었다. 그리고 내가 작전 개시를 위해 일어난 시간, 달빛이 거실 유리를 뚫고 들어와 잠이 든 두 남자 아이의 얼굴을 은은하게 비추고 있었다.

"멋진 나의 왕자님… 잠든 모습도 훌륭해요!… 박지휘! 너도 자는 모습은 좀 낫구나……."

나는 현관에 놓인 지민이의 신발을 들고 조용히 마당으로 나갔다. 그리고는 강아지처럼, 아니, 달빛의 정기를 받고 간밤에 무덤을 파헤치는 한 많은 귀신처럼 땅을 파헤쳤다.

"지민아, 너가 아끼는 신발인 건 알지만 내게는 다른 방법이 없어. 우리가 함께하기 위해서는 오직 이 방법뿐이야."

나는 미련없이 지민이의 신발을 구덩이에 묻었다. 신발이 없으면 절대로 가지 못할 줄 알았다. 그러면 언제나 내 옆에 있을 수 있는 줄 알았다. 하지만 다음날 지민이의 없어진 신발 때문에 울고불고 난리가 난 것은 지민이가 아닌 지휘였다.

"대체 신발이 어디 간 거지? 지휘야, 장난치지 말고 얼른 형아 신발 갖다 줘라."

지휘 어머니의 다그침에 지휘는 억울해 죽겠다는 표정을 하며 내 눈치를 보고 있었다.

"저 아니에요. 누군지는 모르지만 저는 진짜 아니에요."

"괜찮습니다, 작은어머니. 우선 지휘 신발을 신고 가겠습니다."

'뭐라고? 지휘 신발을 신고 간다고?'

태연하게 소동을 지켜보고 있던 나는 뒤통수를 얻어맞은 기분이었다.

"그래, 역시 우리 지민이는 착하구나… 그럼 지휘의 새 신발을 신고 가렴. 지휘는 신던 거 있으니까."

그렇게 지민이는 지휘의 새신발을 신고 멀리 떠나갔고, 해질 무렵까지 나는 지민이의 흔적이 남아 있는 지휘네 마당을 배회하고 있었다. 타는 속도 모르고 지휘는 투정을 늘어놓았지만 그런 게 귀에 들어올 리 없었다.

"너 때문에 새로 산 신발만 뺏겼잖아!"

나는 설움이 북받쳐 올라 지민이의 신발을 묻어둔 흙을 파내기 시작했다.

"지민아~ 엉엉. 지민아~ 엉엉."

그때 갑자기 지휘가 내 옆으로 달려오더니 지민이의 신발 한 짝을 빼앗아 들고는,

"내 신발~ 엉엉. 내 신발~ 엉어."

하면서 엉엉 울기 시작했다.

나는 다시 지휘의 품에서 지민이의 신발을 빼앗았고,

"지민아~ 엉엉. 지민아~ 엉엉."

지휘는 다시 내 품에서 지민이의 신발을 빼앗았다.

"내 신발~ 엉엉. 새 건데~ 엉엉. 내 신발~ 엉엉."

그렇게 우리는 신발 무덤에서 함께 통곡을 했었다.

지민이는 12살 소년의 조각 같은 얼굴을 아직도 가지고 있었다. 게다가 전에 볼 수 없었던 지적인 향기와 근육으로 다져진 맵시가 내 측근이라고 하기에는 놀라울 만큼 멋있었다.

133

"지민아, 넌 감동이야."

기대와 염려를 200% 충족시켜 줄 만큼 멋지게 자란 지민이를 보며 입을 헤벌쭉 벌리고 있는데…

"호텔비는 환불받았어?"

지휘가 정신을 차리게 도와주었다.

"호텔비? 그게 뭐야?"

지민이는 재미있다는 듯이 지휘에게 답을 구했다.

"그런 게 있어."

"정말 오랜만이야, 지민아!"

나는 지휘에게 눈을 흘기며 시치미를 뗐다.

"어어, 지민이라니. 오빠지, 오빠!"

"헤헤, 그랬지 참… 지민 오빠!"

"내가 일본에서 너의 그 오빠! 소리가 얼마나 듣고 싶었는데……."

"정말?! 그럼 내가 얼마든지 불러줄 수 있지… 지. 민 .오. 빠. 아~"

내가 봐도 가증스러웠다. 그런데 지휘는 오죽했을까?

"근데 니들 회포는 저녁때나 풀 수 있겠다. 지민이 외할머니가 편찮으셔서 병원부터 가봐야 한대."

"아~ 그래? 마음에 근심이 크겠다."

134

"이미 준비하고 있었던 터라 담담해. 가시는 길 손자 얼굴이나 보셔야지 싶어 급하게 온 거지……."

"그래, 어서 가봐. 얼마나 보고 싶으시겠어. 타국에 나가 있는 손자가……."

정말 싫어하는 류의 접대성 멘트가 사전 심의를 거치지 않고 마구 튀어나와 버렸다. 예쁜 여자를 보면 정신을 잃는 남자들을 나무랄 필요가 없다는 생각이 들었다. 눈은 언제나 간사한 법이니까…….

"그래, 그럼 지휘 너 시험 공부는?"

"니가 늘 말했잖아. 시험은 시험 삼아 보는 거라구……."

"알았다, 나는 학교에 다시 갈란다."

"헛걸음해서 어쩌냐? 가서 호텔비 환불 안 해줬으니까 다시 들어가도 되냐고 물어봐."

"호텔이 뭔데?"

"들어가자, 내가 들어가서 얘기해 줄게……."

나는 지휘에게 '얘기하면 너 죽어~'라는 신호를 보내며 그들과 멀어졌다.

학교에 다시 왔지만 지휘랑 같이 해도 재미없는 공부를 혼자 하고 싶을 리가 없었다. 나는 벤치에 누워서 캔 콜라에 스트로우를 꽂았다. 높은 하늘에 지나가는 하얀 구름도 슬며시 불어오는 뜨거운 여름 바람도 정말 지루하기만 했다.

"소영아, 거기서 뭐 해?"

"쉬고 있어요. 선배는 어디 가세요?"

김 교수와의 썸씽 스페셜을 낱낱이 불고 다녔던 영아 선배였다.

"면담."

"면담이요?"

"너도 졸업반이잖아, 그럼 면담해야지?"

"누구랑 해요?"

"누군 누구야, 김 교수지……."

"김 교수님이요?"

나는 자리를 털고 일어났다.

"그 징글맞은 교수님이랑 한 방에서 면담을 하라구요?"

"야야. 그래, 너 잘 만났다."

영아 선배는 내 옆에 다가와 앉으며 말했다.

"니가 먼저 가서 김 교수 열 좀 받게 해놔라."

"제가요, 왜요?"

"걔는 나만 보면 짐승이 되거든. 그런데 니가 속을 뒤집어놓고 기진맥진하게 해놓으면 아무래도 식욕이 떨어지지 않겠냐는 거지."

"그러다 저한테 짐승이 되면 어쩌구요? 저는 교수님이랑 첫날

밤을 보내고 싶은 마음이 없거든요. 에피타이저가 되고 싶지도 않구요."

"에~ 이, 너한테는 안 그래."

"그걸 선배가 어떻게 알아요? 여자만 보면 엄청 밝힌다던 대……."

"그래도 너한테는 절대 안 그래. 걱정하지 말고 어서 가봐."

'나한테는 절대 안 그럴 거라구? 그래, 좋다. 오늘 나의 실험 상대는 김 교수다!'

교수님은 사파리라도 구경하듯 재미있다는 얼굴로 나를 보았다. 청년 실업이 날로 증가하고 있는 시절에 어쩜 저리 근심없는 얼굴을 하고 있을까? 뭐, 그런 생각을 하고 있겠지.

여보시오, 선생! 나도 근심이 많아웃. 다만 한 번뿐인 인생 내 주관대로 살기 위해 걱정 근심거리도 내 기준에서 한다 뿐이지, 나라고 어찌 세상을 모르겠어웃!

"자네는 졸업 후 계획이 뭔가?"

"네, 그러니까 우선… 적성을 생각해서… 그러니까……."

"자네, 영문과 학생 아니었나? 그런데 무슨 적성을 말하는 거

지? 어디 보자. 학교 성적은… 그래, 뭐 이 정도면 평균은 되겠구
면. 근데 왜 토익 성적이 안 적혀 있지?"

"점수가 없거든요."

"점수가 없어?"

"네, 저기… 본 적이… 그니까… 토익을 본 적이……."

"그럼 유학이나 학과 이적 뭐 그런 거라도 생각하고 있는 건
가?"

"아니요."

"이봐, 요즘 세상에는 여자도 직업이 있어야 돼. 우리 대학을
나온 인재들이 한낱 가정에서 퍼져 있는 거 나는 선생들에 대한
모독이라고 생각하네……."

'교수님, 저는요. 교수님에게 인생 상담을 하러 온 게 아니에
요. 어서 당신의 숨겨진 야성을 보여주세요. 짐승이 되어보란 말
이에요.'

하지만 김 교수가 변태라는 영아 선배의 말이 믿어지지 않을
만큼 그는 학구적인 면모로 면담을 진행해 가고 있었다.

"그럼 자네는 잘하는 게 뭔가?"

"잘하는지는 모르겠지만 그림 그리는 것을 좋아합니다."

'무슨 대학 입시 면접도 아니구, 적당히 네. 네. 네. 하다가 나
가 버리면 될 것을 내가 왜 이러지. 게다가 나의 목적은 이게 아니

138

잖아. 대체 여자를 좋아하는 게 맞기는 하냐구? 왜 나를 보는 눈빛은 음흉해지지 않는 거야?'

"영문과 학생이 그림을 잘 그리는 게 무슨 소용이 있지?"

"아마도 교수님 눈에는 모두 평범하거나 하찮아 보이겠지만 우리는 똑같은 일에도 수천 가지 빛깔로 자신의 개성을 담아서 고민합니다. 비록 19살에는 생각이 짧아서 자막 없이 영화 보겠다는 생각 하나로 영문학도가 되었지만 저도 이제부터 한 번 심각하게 고민해 볼 생각입니다. 과연 나는 무엇을 잘할 수 있는지……."

나는 이렇게 또박또박 말을 잇고 책상 위에 놓인 면담 카드를 뒤집었다. 그리고는 그 위에 여자를 보면 눈이 뒤집히는 교수의 환한 미소를 그려주었다. 그랬더니…

"오오~ 정말 잘하는군~ 그래, 내가 자네 들어올 때부터 평범한 학생은 아니라 생각했지. 내 사방으로 적극 알아보겠네… 자네의 적성과 특기를 살릴 수 있는 자리가 없나……."

그는 내게 넘어오지 않았다. 나를 어디까지나 한 마리 학생으로밖에 보질 않았다. 대체 왜 세상 남자들은 모두 나를 여자로 보지 않는가?

"도대체 왜?"

[지금 올 수 있냐는데 도대체 왜냐구 물으면 어떡해? 올 수 있어, 없어?]

지휘가 그새를 못 참고 핸드폰으로 나를 불렀다.

"알았어, 갈게."

학교에서 지휘 집까지 한걸음에 달려오느라 온몸이 땀으로 범벅되어 있었다. 그랬는데 지휘란 녀석은 그새를 못 참고 잠이 들어 있었다.

"야야, 또 자냐. 지민이는 어디 갔어, 왜 너 혼자야?"

"건들지 마. 자는 거 안 보여?"

"자면서 대답하네. 지민이 어디 갔어?"

"너는 걔가 그렇게 좋으냐? 낮에 니 표정 아주 볼 만하더라."

"어디 갔어, 지민이는?"

"할머니 잠드셨더라구… 깨시면 얼굴 보고 온다고 해서 먼저 왔어."

"그래서 빨리 오라고 했군… 심심하니까… 왜에? 호텔로 오지 그랬냐?"

"다신 안 가, 그런 데……."

"그럼 같이 놀기라도 해. 왜 사람 오라 가라 해놓고 잠만 자?"

"너도 좀 자둬… 오늘 별짓 다하느라 진이 빠졌잖아."

"그냥은 못 자겠다, 신호가 와서."

지휘는 눈을 부릅뜨며 소리를 질렀다.

"신호는 또 무슨 신호?"

"배 아프다고… 화장실 가고 싶다고!"

"정말 말하려던 게 그거였어?"

"그거였어, 당최 니 머리 속에는 무슨 생각이 가득한 거야~"

나는 시치미를 떼며 두 팔로 내 몸을 감싸 안았다.

"세상에 믿을 놈 하나 없다더니……."

"헛소리하지 말고 아래층 화장실 사용해. 너는 물을 바로바로 안 내려서 냄새가 심해."

"알았어, 물을 바로바로 내릴게……."

"내려가라~"

"귀찮아, 글구 심심해."

"내려가라고~ 했~ 지!!"

"알았어, 갈게. 가면 될 거 아니야."

'칫, 쪼잔한 놈 같으니라구.'

지휘가 나를 너무 우습게 보는 것이 아닌가라는 생각이 들었다. 그래 어서 빨리 나에게 넘어오게 만들어 명예 회복을 해야 되겠다는 다짐을 했다.

마지막 힘을 다 쏟아내며 손을 화장지에 뻗었다.

'아랏, 이게 뭐지?'

휴지 말이에 삐죽이 나와 있는 휴지는 손바닥보다 작은 마지막 한 장이었다.

'이를 어쩌지? 어쩌긴 뭘 어째, 지휘를 불러야지!'

나는 조심스레 문을 열고는 고개를 쭉 빼고 지휘를 불렀다.

"휘야, 휘야! 휴지, 휴지가 없다!"

"휴지가 왜 없어! 선반 위에 있잖아. 또 무슨 짓을 하려고 그래!"

"정말 없다니까!"

지휘는 대답이 없었다. 명예와 함께 신용도 회복시켜야겠구나… 생각하며 나는 현관문이 잠겨져 있는지 확인했다.

"너 그럼 방에서 꼼짝하지 마! 나 그냥 올라갈 거니까! 눈 꼭 감고 있어야 해!"

나는 바지를 부여잡고 엉거주춤 폼으로 화장실을 빠져나왔다. 그리고는 살금살금 2층으로 계단을 오르고 있는데… 뜨악~!

"뭐야!"

"넌, 뭐야!"

지휘가 휴지를 가지고 내려오고 있었던 것이다. 지휘는 어쩔 줄 몰라 하며 내게 휴지를 던져 주고 제 방으로 뛰어올라 갔다. 나

역시 반사적으로 다시 욕실을 향해 뛰었다.

"이런 모습까지 보이고 싶지는 않았는데… 아우, 쪽팔려."

하지만 이럴 때일수록 당당해야 한다. 전부 다 보여준 것도 안 닌데, 뭐. 나는 뒷수습을 하고 지휘의 방으로 뛰어올라 갔다.

"뭐, 그리 놀랄 거까지 있냐?"

벌떡 일어나는 지휘.

"넌 어떻게 된 여자애가 그렇게 조심성이 없냐."

"니가 대답을 안 했잖아."

"왜 내가 보고 싶지 않은 모습을 보게 하느냔 말야!"

"쪽팔린 건 난데 왜 니가 화를 내?"

"못 볼 꼴 본 건 나잖아. 그러니까 화를 내지."

"내가 일부러 그런 거 아니잖아. 안 그래도 쪽팔려 죽겠는데 왜 그래?"

지휘는 더 이상 말하고 싶지 않다는 듯이 자리에서 일어났다.

"어디 가?"

"지민이가 쏜대. 7시에 만나기로 했어."

"아직 시간 남았잖아."

지휘는 이제 내 말은 듣고 싶지도 않다는 듯이 혼잣말로 중얼 거리며 밖으로 나가 버렸다.

"제대로 뒤처리는 한 거야? 왜 이리 냄새가 나!!"

하고 말하며…

경쾌한 피아노 연주곡이 기분 좋게 흐르는… 일상에서 오는 모든 긴장감이 땀 줄기를 타고 그저… 흘러내려 가기만 할 것 같은 장소다. 조금 전에 집에서 있었던 일 때문에 지휘는 아직도 내게 화가 나 있는 것 같았다. 입을 굳게 다물고 모호한 눈빛으로 테이블 위에 놓인 음식에만 시선을 던지고 있었다.

'굳이 나와 눈도 마주치지 못할 건 없지 않은가? 오히려 창피한 쪽은 나인데…….'

"소영이가 좋아하는 아티스트는 누구야?"

역시 지민이가 먼저 대화를 시작했다.

"응, 내가 좋아하는 아티스트는… 나는 삼수밴드를 좋아해."

"삼수밴드가 뭐지?"

"소영이가 얼마 전까지 사귀던 형이 있어, 그 형이 삼수밴드 리드 보컬이야."

내게 눈길도 주지 않고 말하는 지휘를 보며 나는 지민이에게 말했다.

"좋아하는 가수 정도가 아니라 아티스트라면 적어도 그들의 음악 철학이나 정신 세계 정도는 알아야 하잖아. 내가 삼수밴드를 가장 잘 알거든……."

"그래?"

작게 되물으며 지민이는 엷은 미소를 보였다.

"왜 웃지?"

"독립 밴드로서의 자유로움을 맘껏 표출하면서도 언더라는 색에 젖어 오히려 획일화되기 쉬운 위험을 잘 극복하고 그들 나름의 대중성과 독특한 표현 기법을 가진 밴드야. 나도 참 좋아하는 형들이고, 그들 음악은 형들보다 더 좋고……."

'오오~ 삼수밴드는 알까? 아마도 지휘보다 모르고 있을 것이다. 자신들의 색깔을…….'

"그래? 의외인걸. 소영이가 독립 밴드 보컬과 사귀었다는 것은……."

"그런가……?"

의미없이 반문하며 나는 생각했다. 지민이의 머리 속에는 나의 어떤 모습이 담겨 있기에 독립 밴드 여자친구로서의 나를 의외라고 생각하는 걸까. 그나저나 지휘는 다시 말이 없다.

"가끔씩 말이야, 이런 곳에 와서 식사를 하다 보면 존재도 알아차리기 힘든 피아니스트의 모습이 왠지 딱하게 느껴져……."

지휘와 나는 침묵에도 익숙한 사이지만 지민이는 역시 그렇지 못한가 보다. 쉼없이 새로운 화제를 끌어들이려 하고 있었다.

"생각해 봐… 저 나이의 여성들이 한국 땅에서 피아노 교육을
받고 자랐다는 것은 당시로서는 조금 혜택받은 계층인 거잖아.
그런데 이제는 삶에 치이며 그 혜택받은 삶을 돈 몇 푼과 바꾸어
버리고 있어."

지민이는 자기에게 도취되어 있는 것처럼 보였다. 그런 지민이
와 달리 나는 고급 레스토랑의 피아니스트였던 우리 엄마를 생각
하면서 조금 서글퍼지려 하고 있는데…

"이렇게 비싸기만 하고 맛대가리 하나 없는 음식이 흉내낼 수
없는 감미로운 음악을 들려주고 있는데… 멋지지 않아? 멋지게
산다는 것은 어디까지나 자신의 가치 기준에 따르는 것이니까,
나는 꼭 그렇게만 보이지는 않아."

오늘 지휘가 몹시 예민해 있는 것 같다. 아마도 우리 엄마를 떠
올렸던 모양이다. 지휘에게도 부모와 다를 바 없는 존재이니 기
분이 상했을 수도 있다. 지휘의 말을 들으니 내 마음속에서 청승
을 떨고 있던 엄마가 갑자기 웃는다.

"멋지게 산다는 것은 뭘까?"

분위기가 더욱 날카로워지지 않게 하기 위해 내가 물었다.

"소신을 지키는 것."

지휘가 먼저 대답을 했다.

"나는… 이상을 이루는 것."

지민이가 이어 받았다. 그리고 나는…

"작지만 소중한 것을 아는 것."

지휘는 말을 이었다.

"사람들에게 믿음을 주는 것."

"내게 도움을 줄 수 있는 사람과 내가 도움을 주어야 하는 사람을 명확히 구분하는 것."

"과정을 즐기는 것."

"거짓 행세를 하지 않는 것."

"부모보다 성공하는 것."

"말하지 않고 통하는 사람이 한 명쯤 있다는 것. 나는 말하기 귀찮을 때가 많거든……."

그렇게 말하며 지휘는 이 자리에서 처음으로 나를 쳐다보았다. 그래서 나는 멋없는 대답만 하고 있는 지민이의 차례를 건너뛰고 지휘의 말을 이었다.

"나보다 나를 더 잘 아는 사람이 한 명쯤 있다는 것, 나는 나를 모를 때가 많거든……."

소외감을 느꼈는지 지민이가 한마디했다.

"니들 기준이라면 나는 아주 형편없이 살고 있는 거네……."

"그러니까 다행이지. 형은 우리처럼 생각하지 않으니까……."

두 사람이 약간의 긴장감으로 서로를 응시하고 있을 때 내 눈에 들어온 것은 그들 사이에 흐르고 있는 스파크가 아니었다. 나는 바로 맞은편에 앉아 있는 이십 대 후반의 연인들에게 시선을 멈추었다. 특별히 미인은 아니었으나 묘한 분위기를 흘리고 있는 여자는 얇은 끈 하나로 아슬하게 지탱하고 있는 보랏빛 원피스를 입고 있었다. 더 이상 손을 댈 필요없이 완벽하게 세팅된 머리를 가끔씩 한 번 쓸어 올리며 남자의 말에 까르르 웃으며 반응을 했고, 그럴 때마다 보일 듯 말 듯 하늘거리는 원피스 앞섶으로 가슴이 출렁이고 있었다. 여자인 내가 봐도 입이 바짝 타오를 지경이었으니 그녀를 바라보는 남자의 눈은 마녀의 저주에라도 걸린 것처럼 그야말로 '홀려' 있을 수밖에 없었다. 나는 그 순간 너무나도 그녀가 되고 싶었다.

"이럴 줄 알았으면 엄마 슬립이라도 훔쳐 입고 오는 건데……."

"뭐?"

갑작스런 나의 혼잣말을 지휘가 놓치지 않았다.

"아니, 더워서 말야."

"얘가 미쳤나. 에어컨이 이리 돌아가고 있는데 덥기는 뭐가 더워."

지휘는 이미 민소매 셔츠의 단추를 풀기 시작하는 나를 보고 기겁을 했다.

"먹을 만큼 먹었니? 맘껏 먹어, 돈은 충분하니까."

이때 와인 잔을 빙글빙글 돌리며 다른 한 손으로 턱을 받쳐 들고는 방긋 웃어 보이는 보랏빛 원피스의 주인공, 그녀는 조금씩 흘러 들어가는 와인을 목구멍으로 넘기기 시작했다. 꿀꺽꿀꺽 천천히, 그러나 긴장감있게…….

"와인… 마셔도 돼?"

"그럼, 얼마든지."

지민이가 웨이터를 불러 와인을 주문하는 동안 맞은편의 그녀는 살며시 포개놓았던 다리를 들어 올리면서 발끝으로 남자의 정강이를 쓸어 내렸다. 마치 남자에게 '이제 너는 나의 포로야. 자, 이제 그만 수용소로 넘겨줄까?' 라고 말을 하는 것 같았다.

남자는 숨을 할딱이며 숨길 수 없는 충동에 못 이겨 자신의 온몸을 그녀의 수용소 안으로 밀어 넣겠지… 아아, 생각만 해도 짜릿하다. 나는 슬며시 샌들을 벗었다. 그리고 방금 전 그녀가 보여준 것처럼 지휘의 정강이를 발끝으로 쓸어 내렸다.

'뭐야. 왜 이래, 또?'

'쉿! 이제 우리는 몸으로 대화를 하는 거야. 자아~ 응답해 봐, 지휘야!'

"소영아, 맛없니? 왜 그렇게 못 먹어?"

아무것도 모르는 지민이가 불쑥 우리들만의 은밀한 몸의 대화에 끼여들었다.

"그러게, 딴 데 신경 쓰지 말고 실컷 먹어. 돈두 충분하다잖아."

나는 지휘를 뚫어지게 보며 말했다.

"더는 안 되겠다. 지휘야, 나 좀 먹어주라……."

지휘가 또박또박 내게 대답했다.

"나, 그렇게 굶주리지 않았거든!!"

너에게 문제가 있는 것 같아

세상의 모든 일들은 고민을 동반하며, 하루하루 결정을 내려야 할 고민에도 수십 가지가 있는데 눈앞에 닥친 고민을 뒤로하고 나중에야 닥칠 고민을 먼저 해결하는 것은 바람직하지 않다. 또한 그 중에 어떤 것들은 시간이 지나면 저절로 해결되기도 하니 미룰수록 즐거운 고민이라 할 수 있는 것이다.

the fifth day

너에게 문제가 있는 것 같아

지휘의 말을 건성으로 들어 넘기고, 나는 남은 음식을 다 먹어 치우기로 마음을 바꾸었다. 하지만 건너편에 앉아 있는 연인들에게 자꾸만 신경이 쓰여 음식 맛도 느끼지 못하고 있었다. 그들은 음식을 두고 장난을 치며 서로의 입에 손가락을 집어넣었다 뺐다 더러운 짓을 계속하고 있었다. 여자가 디저트로 나온 조각 케익을 맛있게 먹자 남자는 자신의 검지 손가락에 크림을 묻혀 그 손가락으로 여자의 입가를 스쳤고 그러자 여자는 선홍빛 혀를 날름거리며 남자의 손을 핥기 시작했다. 그리고는 케익 위에 장식으로 올려진 체리를 남자의 입에 밀어 넣고서 남자가 삼키기도 전에 쏜살같이 달려들어 키스를 하며 제 입으로 빼내는 것이었다.

"저런 거 연습하지 않고 되는 걸까? 아님, 집에서 몰래 연습하는 걸까?"

"너 같은 여자는 아무리 연습해도 안 될걸."

지휘도 그들을 간간히 지켜보고 있었던 모양이다.

"얘가 또 사람을 무시하네."

"무시가 아니라 아는 대로 느낀 대로 얘기하는 거지."

"나도 마음만 먹으면 저런 남자 10분 안에 내 걸로 만들 수 있다, 뭐~"

"풋~! 10분은커녕 10년이 지나도 안 될걸~!"

또 한 번 내 자존심을 짓밟으며 자존심을 건드리는 지휘.

그리고 사촌형이랍시고 그런 지휘를 돕는 지민.

"그래, 소영아. 안 되는 건 안 된다고 인정을 해야 어른이지."

그때 건너편 테이블의 여자가 화장실에 가기 위해 슬며시 자리에서 일어나고 있었다.

"내기 하자! 되는지 안 되는지……."

"백만 원!"

"지휘야, 그건 좀 심했다. 소영이한테 그만한 돈이 어디 있다고… 나는 십만 원!"

나는 얄미운 사촌 형제를 뒤로하고 건너편 테이블로 향했다. 입가에 미소를 흘리며 시선을 떨구고 가능한 도발적인 모습으로… 나의 섹시한 구두굽 소리에 고개를 돌린 남자의 눈에는 호기심이 어려 있었다.

"제게 무슨 볼일이라도?"

"당신의 향기가 내 가슴을 적시고 당신의 숨소리가 내 호흡을 멈추게 했습니다. 함께한 여인이 있다는 것을 알았지만 도저히~ 자제할 수가 없어 이곳까지 오게 되었습니다."

남자는 호기심을 거두며 진지한 눈으로 나를 올려다보았다.

"잠시… 앉아서 얘기를 하시지요?"

나는 흘러내리는 머리칼을 쓸어 올리며 여자의 체온이 채 가시지 않은 그녀의 의자에 엉덩이를 들이밀었다.

"심장이 말을 하고 있는데 무슨 말이 필요하겠습니까… 입술이 당신을 원하는데 어떤 얘기를 더할 수 있겠습니까."

나는 좀 전에 여자가 하던 대로 케익 위에 얹힌 딸기를 집어 남자의 입에 들이밀었다. 절반의 성공을 눈앞에 두고 있는데…

"저는 딸기 알레르기가 있어서……."

남자는 고개를 돌렸다. 역시 딸기보다는 체리가 자극적이다. 하지만 어떤 케익이든 체리는 대부분 하나만 올려져 나오는 것을 나보고 어쩌란 말이냐.

"그럼 오늘 밤 진짜 체리의 맛을 한번 보시는 건 어떨까요?"

나는 남자의 코끝에 가슴을 들이댔다.

"숨이 막힐 것 같습니다. 담배라도 한 대 피우며 잠시 고민을 해도 되겠습니까?"

"얼마든지… 하지만 이 말만 기억하세요. 용감한 자만이 체리를 얻을 수 있다는 것을……."

나는 자리에서 일어나며 남자가 물고 있는 담배를 빼앗았다. 막 불이 타오르기 직전인 담배를 뺏긴 남자는 당혹스런 얼굴로 나를 물끄러미 바라보았다.

"담배는 정력에 해롭습니다!"

말이 채 떨어지기도 전에 남자가 자리에서 벌떡 일어나 나의 입술을 덮쳤다. 넘어오리라고는 생각하고 있었지만 이렇게 빨리 반응이 오다니… 10분은커녕 5분도 안 걸리잖아. 나는 승리의 쾌감을 패자들과 함께하고 싶었다. 그래서 고개를 막 돌리려는데… 손에 들고 있던 담배가 바닥으로 떨어져 우리가 키스를 하는 동안 레스토랑에는 순식간에 불이 번지고 있는 것이었다. 너무 놀란 나머지 나는 내 품에 안겨 있던 남자를 집어 던지고 지휘와 지민이의 이름을 부르기 시작했다.

"소영아, 걱정하지 말고 그대로 있어. 내가 곧 너를 구하러 갈게."

어디선가 지휘의 목소리가 들려왔다.

"아니야, 내가 널 구하고 말겠어. 기다려, 소영아."

이번에는 지민이었다. 그리고 잠시 후 벽면을 장식하고 있던 대형 수족관이 깨지는 소리가 들려왔다. 지휘가 의자를 집어 들어서는 수족관마다 내려치고 있는 것이었다. 그러자 다행스럽게도 카페트에 붙어 있던 불들이 사그라지기 시작했고 지민이가 화재 경보기를 작동시켜 천장에서 물이 쏟아져 나오고 있었다.

불길이 잡히는 데 오랜 시간이 걸리지는 않았다. 하지만 문제는 불을 끄기 위해 작동시켰던 화재 진화기와 수족관에서 쏟아져 나온 물 때문에 레스토랑이 바다가 되어버린 것이었다.

"아무리 그래도 그렇지 어디서 이 많은 물이……."

한참 의아해하고 있는데 용감한 형제가 내 앞에 나타났다.

"어디 다치진 않았니? 자, 어서 나가자. 내 손을 잡아."

지휘가 내민 손을 잡으려고 하는 찰라 수족관에서 빠져나온 물고기라고는 믿을 수 없을 정도로 엄청 크고 징그럽게 생긴 문어 한 마리가 우리를 향해 헤엄쳐 오고 있었다. 그리고 더 믿어지지 않는 것은 문어의 몸은 반이, 그러니까 다리나 몸통은 꼭 문어였지만 얼굴은 사람이었다.

"이런이런, 니가 말로만 듣던 문어왕자냐? 어디서 그리 흉측한 모습을 하고 나의 소영이를 어지럽게 하는 거냐. 저리 꺼지지 못해!"

문어로 변한 건너편 테이블의 남
자를 지휘가 상대하고 있는 동안 지
민이는 내 손을 잡아주었다.

"지휘의 희생을 값지게 하기 위해
우리는 반드시 행복해야 해. 사실 나는
너를 만나기 위해 한국에 온 거야. 우리
는 태어나면서부터 평생 함께하기로 약속한 사이잖아!"

"어어~ 그건 난데?"

지휘가 억울하다는 듯 돌아보며 말을 이었다.

"소영이와 평생을 함께하기 위해 태어난 사람은 형이 아니라
나야. 나, 박지휘!"

문어왕자가 물속에서 보여주는 위력은 상어와 흡사했다. 소용
돌이를 일으키며 물살을 가로지르는 문어왕자의 위협 속에서 한
여자를 두고 싸우는 형제의 피는 물보다 흐렸지만 그와 같은 절
체절명의 위기 속에서 나는 이제 죽어도 여한이 없을 정도로 기
뻤다. 애인이 있는 남자를 5분 안에 유혹한 것도 부족해서 나를
차지하겠다고 목숨을 건 혈투를 벌이고 있는 저 형제들이라니…
나는 절대… 죽음이…….

"이게 무슨 소리지? 요즘에는 물난리가 나도 소방차가 출동을

감히 나의 체리에
손을 대다니…

하나?"

어디선가 시끄럽게 울려대는 소방차의 사이렌 소리가 뿌연 물 속으로 전해지고 있었다.

"어! 근데 요즘 사이렌 소리는 내 핸드폰 벨 소리랑 똑같네?"

주말 아침에 전화를 걸어 단잠을 깨우는 몰상식한 인간들은 전부 똥물, 그래, 한강 물에 담가줘야 한다. 세 남자에게 둘러싸여 있는 횡재 같은 꿈을 방해하다니… 나는 수신자 번호도 확인하지 않고 베개 속으로 전화기를 밀어 넣었다. 꿈이 다시 이어지기를 바라며… 하지만 20초 정도 멈칫했던 전화가 다시 울리는 바람에 나는 한 남자도 선택하지 못한 채 잠에서 밀려나고 말았다.

"누구야?!"

"조교다!"

"조교?"

"내가 취직할 때까지만 하겠다던 조교 생활이 시집갈 때까지로 바뀌고… 막내동생 같은 애들 입학할 때까지 하겠다던 조교 생활이 조카뻘 되는 애들 입학할 때까지 하게 되었지만… 이런 일은 처음이다."

"전화 잘못하신 것 같은데요."

"이소영!"

깜작 놀라 벌떡 일어나며 대답했다.

"옙!"

"추천서 들어왔다."

"추천서가 뭔데요?"

"뭐? 추천서가 뭐냐구? 야, 졸업반인 너한테 취업 추천 아니면 학교에서 맞선 자리 추천이라도 해주겠냐?"

조교 말이 맞다. 추천서가 뭔지도 모르는 학생을 취업시켜 주겠다니, 나보다 더 한심한 사람이 세상에 또 있는가 보다.

"아아~ 저 보고 취업을 하라구요?"

"애가 왜 점점 풀잎에서 달팽이 미끄러지는 소리를 해."

하지만 나날이 증가하고 있는 실업률은 정부에서 해결해야 할 문제인 것이다. 나는 그저 나만의 문제를 해결할 수 있으면 되는 것이다. 혹 누군가는 나를 보고 미래에 대한 준비도 없이 안일하게 세상을 살아간다고 비난할지도 모른다. 하지만 사람이 아무리 추억을 더듬고 미래를 꿈꾸며 살아간다고 해도 5년 뒤에 있을 중대사보다는 지금 당장 식당에서 결정해야 할 메뉴에 더 많은 고민을 하기 마련인 것이다.

"저는 지금 취업을 할 수가 없는데요."

"개인 사정은 니가 직접 교수님께 보고하구… 점심 시간 전까지 조교실로 와."

"저 오늘 바쁜데요?"

"자격증 한 장 없는 졸업반 학생이 취업보다 바쁜 일이 뭔데에~?"

"그러니까… 지휘도 만나야 하고 면허증도 받아와야 하고, 제가 드디어 자격증이 하나 생기거든요. 그리고 어쩜 지민이 할머니 병 문안도 가야 할지 모르고, 그리고…….."

"너는 그렇게 바쁜데… 나는 지금 한가해서 네 얘기 다 들어주고 있는 줄 아니? 잔말 말고 오늘 내로 나한테 들러."

"다른 학생한테 양보하면 안 될까요? 저는 지금 당장 취업을 할 마음도 없는데…….."

"교수님이 너 아니면 안 되는 거랬어. 내 생각에도 너는 이번 기회 아니면 안 될 거 같으니까 뻣대지 말고 와라."

철컥 하고 전화가 끊어졌다.

"세상에! 나 아니면 안 되는 일도 있나?"

궁금증이 일기도 했지만 오늘은 무척 바쁜 하루가 될 것 같다. 언젠가 해야 할 고민이라 해도 지금은 절대 하고 싶지 않다. 오늘 할 일을 내일로 미루지 말라는 현실성없는 말을 어떤 위인이 남긴 것인지 모르겠지만 세상에는 미루면 미룰수록 즐거운 고민도 있기 마련이다. 왜냐 하면 고민에는 반드시 먼저 해결해야 할 것과 나중에 처리해야 할 것이 있기 때문이다.

세상의 모든 일들은 고민을 동반하며, 하루하루 결정을 내려야 할 고민에도 수십 가지가 있는데 눈앞에 닥친 고민을 뒤로하고 나중에야 닥칠 고민을 먼저 해결하는 것은 바람직하지 않다. 또한 그중에 어떤 것들은 시간이 지나면 저절로 해결되기도 하니 미룰수록 즐거운 고민이라 할 수 있는 것이다. 나는 제일 좋아하는 구공탄 그림의 속옷을 입으며 바쁘게 외출 준비를 했다.

"그러고 보니 이제 이런 속옷과도 그만 작별을 해야겠군. 나는 이제 로맨틱 코미디의 주인공이 아니라 격정 에로의 주인공이 될 테니 말이야… 킁킁. 근데 이게 무슨 냄새지?"

아래층으로 내려갈수록 시금털털한 냄새가 지독하게 콧속으로 침입해 왔다.

"엄마, 뭐 해?"

엄마는 약탕기 앞에 턱을 괴고 앉아서 콧노래까지 부르며 뚝뚝 떨어지는 약을 흐뭇하게 바라보고 있었다.

"약 다리지."

"누가 아파?"

"아니, 아빠 보약."

나는 엄마 옆으로 가서 엄마랑 똑같이 턱을 괴고 앉으며 물었다.

"아빠가 왜?"

"우리 집 기둥이잖아. 힘 좀 내시라고……."

"우리 집 기둥은 나라며?"

"집에 기둥이 하나인 거 봤어?"

"칫, 말이나 못하면… 엄마! 나 취업 추천서 받았어."

"그래에? 어떤 일인데?"

"그걸 안 물어봤네. 나도 좀 궁금하기는 하다. 나 아니면 안 되는 일이 뭔지. 세상에 그런 것도 있나, 응?"

"그럼 당연하지. 우리 딸이 얼마나 대단한데."

"머리는 단단하지… 근데 나는 준비가 하나도 되어 있지를 않잖아. 그런 내가 세상에서 할 수 있는 일은 아직 없다는 게 나의 정확한 판단이야."

"사람들에게는 하고 싶은 일과 할 수 있는 일이 있어. 그 두 가지가 일치해 주면 조금 빨리 행복해질 거고… 두 가지가 너무 다르면 아무래도 좀 힘들겠지? 너는 지금 그 교집합을 찾는 시기야. 엄마는 너처럼 판단이란 걸 스스로 하지 못할 때 피아노를 만났잖아. 아버지가 어떻게든 피아니스트로 키우겠다고 다른 기회를 주지 않았어. 그래서 엄마는 할 수 있는 일과 하고 싶은 일이 가까우면서도 절대 만날 수 없는……."

"기찻길이네……."

"응, 기찻길이야."

"하지만 나는 당장 생각하기가 싫어. 아직 어른도 아닌 여자도 아닌 내가 어떻게 세상에 나가서 나라의 기둥이 되겠어."

"우리 딸은 우리 집 기둥이기만 하면 돼. 나라의 기둥이 될 필요는 없다고 생각하니까 어떤 일을 하든 자유롭게 살아봐."

"그런데… 아빠랑 내가 기둥이면 엄마는 뭐야?"

"엄마는 그냥 엄마야."

"시시해."

"시시해?"

"응."

"그럼 엄마는 이거야."

엄마는 내게 총 쏘는 흉내를 내며 말했다.

"총잡이!"

그리고 내 머리에 손가락으로 만든 총을 겨누었다. 그리고 정말 그럴듯한 표정으로 총을 쏘는데… 그 순간 정말 탕! 하는 소리가 들려왔다. 약탕기에서…….

"어때? 멋지지?"

까르르 웃는 엄마가 정말 철없어 보였다.

"맛 좀 볼래?"

"겨우 맛만 보게 하지 말고… 나도 한 사발 주지?"

"너한테는 무용지물이야."

"왜에?"

"남자한테 좋은 거니까……."

"동생 만들어주려고?"

"어머, 애 좀 봐… 엄마한테 못하는 소리가 없어. 엄마가 말했지. 우리 집 기둥은 두 개면 된다구."

엄마는 수줍어하며 약 사발을 받쳐 들고 안방으로 사라졌다. 나는 약탕기 뚜껑을 열고 잔액을 뚫어지게 쳐다보았다.

"남자에게 좋은 게 뭐지……?"

갱년기에 접어든 중년 부부의 허니문 같은 침실을 위해 형체도 없이 희생되어 간 것이 과연 무엇인지 도저히 알 수가 없었다. 비록 약재에 대한 비밀이 풀리지는 않았지만, 그 잔해를 보며 나는 사랑의 묘약이 떠올랐다.

"그래, 왜 내가 진작에 그 생각을 못했지?"

지휘가 여러 번의 기회를 통해 나의 섹시함을 맛보고도 반응을 일으키지 못했던 것은 허약한 몸 때문이었는지도 모른다는 생각을 했다.

"운동장에 잔디도 깔아주지 않고 축구공을 차라고 했으니… 뛸 맛이 나기나 했겠어. 박지휘! 조금만 기다려라. 이제 널 닦달하기만 하지 않고 내가 신경을 좀 써주마~!!"

나는 콧노래를 부르며 구청으로 향했다.

드디어 나도 운전면허증이 생겼다. 이제 엄마처럼 아빠처럼 직접 운전을 해서 마음대로 돌아다닐 수 있게 되었다. 물론 웬만한 거리는 걸어서 다니는 걸 좋아하는 내가 운전면허증을 접수한 이유는 다른 데 있었지만 말이다.

"지휘야, 어른이 되는 증명으로 주는 게 주민등록증이야?"

"아니, 그건 사회적인 나이로 성인으로 인정을 해주는 것이지 진정한 의미의 어른 자격증은 아니야."

"그럼 뭐가 어른 자격증일까?"

"뭐라고 생각해?"

"어디든 자유롭게 여행할 수 있는 여권?"

"그건 부모와 함께 떠날 때도 필요하잖아. 꼬맹이들도 만들 수 있는 거라구!"

"그럼… 대학 졸업증?"

"대학 안 가면 영원히 피터팬이게?"

"그럼 너는 뭐라고 생각하는데?"

"글쎄, 운전면허증 정도 되지 않을까? 성인에게만 기회가 주어지고… 그게 있으면 어디든 자유롭게 다닐 수 있잖아."

"맞다, 운전면허증이 있었어!!"

부모님들이 어른들만 갈 수 있는 곳이라는 이해할 수 없는 핑계를 대고 자유롭게 부부 동반으로 여행을 다닐 때마다 지휘와 나는 온종일 방에 처박혀서 그런 종류의 이야기들을 심각하게 나누곤 했었다. 그러다 보니 우리는 어른 자격증부터 부모 자격증 그리고 남자와 여자를 구분 짓는 행동에서 남자와 여자의 역할 재분배까지 사회에서 풀리지 않는 문제들을 우리만의 방식으로 정의 내리고 해결해 가고 있었던 것이다.

그래서 나는 지휘보다 먼저 어른 자격증을 받기 위해 비가 자주 내리는 장마철에 운전면허 학원에 등록을 했었다. 지휘는 언제 비가 올지 모르는 장마철에 운전 교습을 받으러 다니는 것은 자신에게는 힘든 일이라며 다음 달에 함께 다니기를 소원했지만 나는 절대 그럴 수가 없었다. 경쟁 심리인지는 모르겠지만 지휘보다 조금이라도 먼저 형식적으로나마 어른이 되고 싶었던 것이다. 하지만 그러고 보니 나의 모든 행동을 부추기는 원인은 지휘의 말 한마디라는 생각이 들어 조금 나 자신에게 섭섭하기도 했다.

"지휘가 나의 의식을 지배하고 있군… 하지만 괜찮아, 조금 있으면 내가 너의 몸을 지배하게 될 테니까… 아무래도 그게 공평하겠지."

나는 상냥한 구청 직원에게 운전면허증을 건네받자마자 지휘에게 전화를 걸었다.

"일어나요~ 잠꾸러기. 잠탱이 지휘~ 일어나서 들어봐요."

"시끄러… 심심해서 전화한 거면 나 그만 끊는다. 어제 늦게까지 지민이랑 병원에 있느냐고 잠 한숨 못 잤단 말야."

"다른 사람들은 보통 너의 반의 반밖에 안 자… 그런데 하루쯤 10시간을 못 채웠다고 죽기라도 해?"

"너도 내 꿈속에서 만나는 게 차라리 낫거든… 이따 꿈속에서 만나자~!!"

"야야~ 박지휘~"

"왜왜~ 이소롱~"

"누나가 너에게 보여줄 게 있거든?"

"나는 너한테 보고 싶은 게 없거든?"

전화가 끊겨졌다. 지휘는 이제 '보여준다', '잔다', '먹는다', '느껴진다' 이런 류의 표현만 나와도 나를 멀리하려 했다.

"그래, 자랑은 나중에 해주마! 어차피 오늘은 처리해야 할 일이 구청에 있는 서류만큼이나 많으니까……."

나는 구청 앞에서 수산 시장까지 한 번에 가는 버스에 몸을 실었다. 더운 공기 때문에 버스 안은 숨이 막힐 정도로 공기가 시큼했지만 이제 어른이 되었고 곧 여자가 될 것이라는 사실이 나를 들뜨게 했다.

"운이 좋으면 엄마 차를 가지고 나올 수 있을지도 몰라. 지휘를 불러내서 드라이브라도 할까? 그렇지~ 이번에는 차에서 시도를 하는 거야. 내가 왜 진작 그 생각을 못했을까? 지휘는 차를 엄청 좋아하잖아. 오늘은 분명히 성공할 테니까 우선 속옷 매장에 가서 야시시한 속옷을 하나 사두어야겠다. 자, 그럼 보람찬 하루를 시작해 볼까나."

나는 힘을 내는 데는 잉어가 좋다는 시내의 말을 떠올리며 생선 냄새가 진동하는 수산 시장을 구석구석 헤매고 다녔다. 무릎까지 오는 고무 장화와 비닐 작업복으로 무장한 시장 아저씨들이 펄펄 넘치는 기운으로 팔딱거리는 물고기들을 건져 올리고 단정하게 옷을 차려입은 손님들이 목에 힘줄을 세워가며 그들과 흥정을 벌이는 모습을 어디서든 목격할 수 있는 생동감 넘치는 장소가 아닐 수 없었다.

"아저씨, 힘쓰는 데는 정말로 잉어가 최고인가요?"

"그~ 럼~ 힘쓰는 데는 잉어만한 게 없지."

좁은 양동이에서 기세 좋게 물질을 하고 있는 잉어에 손을 담그려는데 헌수 오빠에게 전화가 왔다.

"소영아, 오늘 좀 만날 수 있을까?"

"오늘? 아저씨, 이놈이 쉽게 죽지 않을 거 같은데 정말 오래 갈 까요?"

"나이 어린 아가씨가 아주 제대로 골랐구먼. 어때, 이놈으로 줄 까?"

나는 고개를 끄덕거렸다.

"너, 지금 어디야?"

"오빠, 내가 좀 바쁘거든. 내일 보면 안 될까?"

"오래 걸리지 않으니까 너 편한 장소로 말해. 내가 갈게."

"오늘은 왜 이렇게 나를 찾는 사람이 많은 거지?"

"지금 누구랑 같이 있니?"

"응, 아주 제대로 힘쓸 거 같은 놈이랑 같이 있어."

나는 커다란 물 주머니에서 파닥거리고 있는 잉어를 건네받으 며 자랑스럽게 말했다.

"대체 뭘 하고 다니는 거야? 너 지금 어디니? 내가 거기로 갈 게."

"아냐, 오빠! 내가 지금 레드독으로 갈게. 여기는 만나기 좋은 장소가 아니라서……."

나는 혼잣말로 중얼거리며 수산 시장을 빠져나왔다.

"동해 번쩍 서해 번쩍 홍길동이 따로 없네……."

오래된 바 혹은 낡은 선술집 같은 곳은 보통 한 가지 색깔의 손님들이 들고 나간다. 비록 같은 얼굴은 아닐지라도 어딘가 모르게 느낌이 비슷한 사람들이 장소를 메우면서 애초에 실내 장식과 음악만으로 장르를 구분 짓던 술집에 특유의 옷을 입혀주게 되는 것이다.

그런 면에서 레드독은 내 남자친구였던 헌수 오빠의 색깔을 많이 닮아 있다고 할 수 있다. 합격자 발표가 있기도 전에 학교 주변을 탐색하던 지휘와 내가 빨간색 간판이 삐딱하게 걸린 것만으로 마음을 빼앗긴 곳이 바로 레드독이었다. 하지만 어떤 이유에서인지 발걸음이 떨어지지를 않아 3년 내내 그 앞을 서성이면서 들어가 보지를 못했었다. 그리고 용기를 내어 레드독에서 처음 술을 마셨던 날 삼수밴드의 공연이 있었고 헌수 오빠가 우리 테이블에 와서 말을 걸기 전까지는 좀처럼 어울리지 않는 옷을 입고 있는 사람들처럼 지휘와 나는 레드독과 하나가 되지를 못하고 있었다. 반면 헌수 오빠는 나를 오래전부터 알고 있었던 사람처럼 익숙하게,

"어때, 이걸로 한번 마셔볼래?"

데킬라를 한 잔 권했고 나는 그가 우리 옆에 앉으면 조금 더 이 장소와 어우러질 수 있지 않을까라는 생각에,

"돈 받지 않을 거면 한 잔 주세요."

라고 대답했었다.

　그만큼 레드독은 헌수 오빠와 닮은 곳이었다. 그리고 레드독을 메우고 있는 대부분의 사람들도 그와 비슷했다. 어딘지 모르게 규정된 모든 것을 거부하는 눈빛이라고 할까? 반항은 절대 본인들의 몫이 아니라는 듯 조용히 그러나 다부지게 모든 것을 거부하는 것처럼 보이는 사람들… 그들은 모두 어디서 저런 옷들을 샀을까 싶을 정도로 기묘한 모양의 옷들과 액세서리를 걸치고 하나같이 심각한 얼굴로 자신들의 이야기에만 몰두하고 있기 마련이었다. 그렇게 신기한 사람들이 많은 곳이라 잉어 따위에 누가 관심이나 가질까 싶었지만 내가 물주머니를 손에 들고 가게 안으로 들어서자마자 사람들은 지나치던 시선을 내게 묶어두기 시작했다. 저들이 신기한 눈으로 나를 보다니! 세상에 이런 영광스러운 일이 또 있을까. 모두가 신기한 눈으로 나를 반기는 가운데 그저 웃기만 하는 사람은 단 한 사람 바로 헌수 오빠뿐이었다. 마치 나에 대한 모든 것들은 아무것도 설명하지 않아도 된다는 듯… 내가 태어나기도 전부터 나를 알았던 사람처럼 익숙하게 나를 보고 웃는 저 웃음.

　"오빠, 참 오랜만이야."

　"그 정도는 아니지… 헤어지기 전 만큼 자주 만나지는 못했지만 참 오랜만은 아니지."

"그 웃음 말이야. 그 웃음… 참 오랜만이라구."

사실 헌수 오빠의 미소는 내가 아는 것보다도 훨씬 역사가 깊다
고 한다. 그러니까 영문과 전체가 대천으로 M.T.를 갔던 2000년
3월 오빠는 나를 보고 처음부터 그렇게 웃었다고 했다. 그때 오빠
는 삼수를 해서 겨우 대학에 들어오는 바람에 학과를 선택할 여력
이 없어 수학과에 입학하게 되었고 원서 교부를 받은 즉시 삼수밴
드가 탄생했으며 3월에는 이미 수학과의 명물이 되어 있었다고
했다. 그래서 여학생이 다섯 명밖에 되지 않는 학과 M.T.지만 빠
질 수가 없었다는 것이다.

그 해에 영문과와 수학과는 조인에 실패하고 따로따로 대천항
에 도착했는데 때가 때이니만큼 타 대학에서도 여러 학과가 M.T.
를 오는 바람에 숙박 시설 전쟁이 벌어졌고 출발 직전까지 장소
를 결정하지 못했던 영문과와 수학과는 현지에서 민박 쟁탈전을
벌이게 되었던 것이다.

하지만 협상은 쉽게 이루어지지 않았다. 민박집 주인 아저씨의
설득으로 겨우겨우 두 차례의 양측 회담이 있은 뒤에 민박집을
반으로 나누어 사용하자는 절반의 타협으로 분쟁이 종결되었다.

"이러니까 우리 나라가 통일이 안 되지… 세계 유일의 분단 국
가 아니냐구."

"조교 누나가 남자한테 결벽증이 있다잖냐."

마당에 놓여진 평상에서부터 'ㄷ'자 모양으로 이어진 가운데 방까지 한 치의 오차도 없이 정확하게 반으로 나누어진 청 테이프 38선 건너의 사랑스런 적군들을 보며 하루 종일 투덜거리고 있는 나와는 달리 지휘는 태평스럽게 조교의 성향까지 챙겨주고 있었다.

"지휘야, 아무래도 우리가 나서야 할 것 같다."

수학과 학생들은 방마다 틀어박혀서 술을 마시고 우리 영문과에서는 장기 자랑이 한참이었던 그날 밤… 마치 성악이라도 부르듯 두 손을 꼭 쥐고 입을 벙긋거리며 이소라의 '난 행복해'를 부르고 있는 조교의 순서가 끝나기만을 나는 간절히 기다리고 있었다.

'이제 곧 통일이 오리라. 4,500만 국민의 염원… 은 아니고 100명 양과 학생들의 소원인 조인트 M.T.의 실현이 곧 이루어지리라. 그리고 나는 그 바람직한 역사에 한 획을 긋는 멋진 전사가 되리라…….'

조교의 노래가 끝나자마자 나는 가라오케 바퀴를 씽씽 굴리며 관객들에게 모습을 나타냈다. 펑키 라커로 변해 요염하게 가라오케 기계 위에서 마이크를 쥐고 있는 나! 그리고 힘겹게 기계를 밀고 있는 지휘! 우리의 출현을 반기는 휘파람 소리가 여기저기서 들려오고 있었다. 필받은 나는 기계 위에서 껑충 뛰어내려 중앙 무대(나무로 만든 평상) 위로 올라갔다.

"우우우~ 와우! 요리 보고 예! 예! 저리 봐도오오오! 이야!!"

유행하고 있는 펑키 락의 멜로디에 즉흥적으로 아기 공룡 둘리의 가사를 끼어 맞춘 내 노래는 객석을 열광의 도가니로 만들고 있었다. 여기저기서 사람들이 모여들었고 방에 틀어박혀 있던 수학과 남학생들도 대부분 밖으로 쏟아져 나오고 있었다.

"둘릿둘릿… 빙하 타고 내려와와우와우와우~ 이예에에… 친구를 만났지마아아안!!"

지휘도 흥에 겨웠는지 장식으로 차고 나온 소주병을 뽑아 벌컥벌컥 마시더니 관객들에게 물쇼를 선보였고 나는 머리를 풀어 젖히며 헤드뱅을 했다. 그때 마치 매니지먼트 사장이 길거리 헌팅이라도 한 양 뿌듯한 얼굴로 나를 보며 '저거 물건이네~' 라는 표정을 지었던 사람은 뒤늦게 알았지만 삼수밴드의 태수 오빠였다. 그리고 미수 오빠는 널브러진 냄비 뚜껑들을 끌어 모아 드럼을 치듯 흥을 돋아주었었다. 응원에 힘입은 나는 급기야 청테이프를 뜯어내기 시작했고 베를린 장벽이 무너지는 순간만큼 모두가 감격에 젖어 있을 때 헌수 오빠는 따뜻하고 그 익숙한 미소로 나를 보며 감격했었다고 말했다.

175

아마 지금 나를 보고 있는 저 웃음이었으리라… 나는 그 웃음을 머리에 담아두며 의자에 앉았다.

"이분이 제대로 힘쓸 것 같다던 그… 놈?"

"으응, 어 얘가 바로……."

자랑스럽게 물주머니를 들어 올려 오빠가 잘 볼 수 있도록 코앞에 내밀고 있는데, 그때 마침 헌수 오빠의 잔을 채워주기 위해 등장한 바텐더의 손이 내 손목과 교차되고 말았다. 테이블 위로 와르르 쏟아지는 물줄기와 쏜살같이 빠져나오는 잉어.

"어엇~ 상처 나면 안 되는데……."

물주머니에서 빠져나오자 물이 없는 세상에서라도 자유를 누리겠다고 결심한 듯 보이는 기운 센 천하 잉어는 의자 사이를 헤집고서 사방 50미터까지 단숨에 미끄러져 나갔다. 기겁을 하고 소리를 빽빽 지르는 여자 손님들에게 사과를 하며 헌수 오빠는 잉어를 쫓아다녔고 나는 테이블 밑을 기어다니며 맨손으로 날렵한 잉어의 자취만을 쫓고 있었다. 레드독의 남자 손님들이 전부 하나가 되어 잉어의 방향을 예상해 진을 치고 주방에서 빌려온 고무장갑을 낀 채 잉어를 쫓아다니기 5분. 끝내 잉어는 제 힘에 겨워 한곳에서 지느러미를 늘어뜨리고 숨을 헐떡였으며 나는 재빨리 양동이에 잉어를 옮겨주었다.

"오빠, 아무래도 잉어가 죽기 전까지 집에 가야겠는걸……."

"누가 애를 낳기라도 했어?"

"애를 낳… 누가?"

"그래, 어쨌든 나가자. 가면서 얘기하자."

헌수 오빠와 나는 잉어가 담긴 양동이를 들고 밖으로 나왔다.

"버스 정류장까지 들어줄게."

"아냐, 정성이 깃들어야 하니까 내가 직접 들어야 해."

한여름 태양이 긴 꼬리로 건물들을 감싸며 멀어지고 있는 모습을 양동이 사이에 나란히 서서 말없이 바라보고 있었다. 우리 집까지 가는 32번 버스가 두 대씩이나 지나가는 동안 말없이…

"소영아! 사랑은 그냥 사랑이야."

"어이야~ 어이야~ 거봐, 어이없잖아. 오늘 꼭 만나지 않으면 안 될 것처럼 해놓고 고작 한다는 말이… 사랑은 사랑이라고? 오빠두 참……."

"아니, 그게 아니야."

"사랑은 사랑이라며?"

"사랑은 그냥 사랑이라고……."

"그냥 사랑?"

"응, 그냥 사랑이야."

"그럼 오빠는 나를 이제 그냥 사랑할 수 없게 된 거야?"

"응, 바로 그거야."

"어쩌지… 나는 아직도 사랑이 뭔지 모르는데… 그럼 오빠한테 미안해해야 하는 건가?"

"아냐, 니가 원래 좀 느리잖아."

"다른 사람 통해서 알게 되도 괜찮아?"

"얼마든지."

"알았어. 나도 알게 되면 뜬금없이 나타나서 어이없이 얘기해 줄게."

"자, 이거 받아."

"뭔데?"

"드디어 삼수밴드가 단독 콘서트를 한단다."

"어~ 축하할 일이네……."

"좋은 자리니까 지휘랑 둘이 와서 봐."

"삼수밴드 공연이면, 스탠딩 아닌가? 좋은 자리는 뭐지?"

"맞아, 스탠딩! 앞자리 맡아놓는다구… 하하!"

"그럼 이제 나 저 버스 타도 되는 거지?"

고개를 끄덕이며 양동이를 들어 내 손에 쥐어주는 헌수 오빠를 뒤로하고 버스에 올랐다. 아직도 나를 보고 있을까 궁금했지만 창밖을 볼 수가 없었다. 왠지 그러면 안 될 것 같았다. 나를 그냥 사랑할 수가 없어졌다고 말한 사람이 나를 향해 흔들어주는 손짓을 헤벌쭉 웃으며 받아주면 안 될 것 같다는 생각이 들었다.

하지만 결국 나는 고개를 돌렸다. 내가 좋아하는 웃음을 마지막으로 한 번만 더 보고 싶었던 것이다. 설마 벌써 제 갈 길을 가고 있는 것은 아니겠지? 걱정하며 고개를 돌리는데 출발하고 있는 버스 밖으로 헌수 오빠의 익숙한 웃음이 전해지고 있었다.

"그래, 이제야 알 것 같다."

그 눈빛은 어제 레스토랑에서 본 남자의 눈빛과는 다른 것이었다. 레스토랑에서 본 남자의 눈빛이 새로 나온 게임기를 가지고 싶어하는 남자 아이들의 욕망과 비슷하다면 지금 나를 보고 있는 저 눈은 게임기를 소유하고 싶다기보다, 혼자서도 잘 놀고 있는 게임기의 꼬마 주인을 바라보는 흐뭇함이었다. 그게 사랑인지는 아직 모르겠지만 나는 남자친구의 그런 눈빛이 좋았던 것 같다. 두 눈을 크게 뜨고 세상의 모든 구석구석을 보는 게 아니라 조그맣게 실눈을 뜨고 오직 나만을 집중하며 그 안에 있는 모든 의미와 존재 이유를 찾는 것 같았다.

잉어는 제 몸 길이가 연못 지름과 정확히 일치하는 좁은 공간에서 한 치의 움직임도 없이 숨을 꺼벅꺼벅 쉬고 있었다. 나는 그 가엾은 모습을 보면서 어떻게 하면 이걸 제대로 약으로 만들 수 있을까에 대해 심각하게 고민에 빠졌다. 하지만 나의 목표 달성을 코앞에 두고 있어서인지 마음만은 편했다. 그렇다. 내가 진작에 이 생각을 했어야 했던 것이다. 이팔청춘 그 좋은 나이에 매일 비실거리며 허구한 날 잠만 자는 약골 지휘의 몸을 적합한 실험 대상으로 만들어놓는 일이 먼저 이루어졌어야 했던 것이다.

나는 여기저기에서 주워 들은 지식에다 창의력을 보태서 온종일 잉어를 다듬고 토막을 낸 후, 믹서에 갈아버렸다. 약탕기에 집어넣기에는 너무 크고, 살집도 대단해서 그대로 끓이면 사나흘은 걸릴 것 같았기 때문이다. 비록 살과 가시, 그리고 피와 창자가 한데 어우러져 엄청나게 징그러운 모양새를 하게 되었지만 다행히도 약탕기에 걸러져 나온 약물은 어제 보았던 아빠의 몸에 좋은 약과 비슷해 보였다. 나는 경건한 마음으로 보온병에 약을 따라 붓고 지휘에게 전화를 걸었다.

"지휘야, 나 운전면허증 받았어."

"정말? 이야~ 축하해."

"지금 나와. 바로 보여줄게."

나는 100점짜리 시험지를 손에 들고 집으로 오는 초등학생만큼 흐뭇한 얼굴로 보온병을 집어 들었다. 물론 엄마의 자동차 열쇠도 챙겼다.

'엄마, 허락없이 들고 나가서 미안! 하지만 걱정하지 말아요.

알잖아. 내가 놀이 공원 가도 범퍼카 운전 제일 잘하는 거~'

지휘를 차에 태워 어디를 갈까? 백화점에서 쇼핑을 먼저 하고 한강 고수부지에서 해가 지는 모습을 함께 바라볼까? 아니면 시외로 나가 맑은 밤하늘에 반짝이는 별을 세어볼까? 말만 해라, 지휘야. 내가 오늘 니 원하는 대로 다 해줄게.

"됐어! 운전면허증만 보여주면 됐어. 운전 실력은 다음에 보여 줘도 돼. 천천히……."

"목숨 걸고 자동차 열쇠 훔쳐 나왔는데… 니가 이렇게 나오면 김새지. 자, 어서 타."

"됐는데… 괜찮은데……."

지휘를 차에 태우기까지는 10분가량의 실랑이가 필요했다.

"생각해 보면 너는 그런 점이 다른 남자들과 다른 것 같아."

"뭐? 다른 남자들은 속으로 겁을 먹든 주책없는 너를 원망하든 일단은 폼을 재고 함께 타준다고?"

"표현이 딱은 아니지만 내가 말하고자 하는 바와 얼추 비슷해. 자~ 출발한다!"

지휘는 안전벨트로 몸을 감고 공포에 떨고 있었다. 나의 능숙한 운전 솜씨에 감격하는 얼굴로 바꾸어주고 싶었지만 역시 운전은 쉬운 게 아니었다.

"뭐야, 이렇게 가다 멈추고 가다 멈추고… 언제 집으로 돌아가?"

"내가 자꾸 브레이크를 밟아서 그래. 아직 거울로 보는 세상이 익숙지가 않단 말야. 도대체 얼마나 간격이 있는지 알 수가 없잖아. 그리고 우리는 절대 집으로 돌아가지 않아. 이제 니 목숨은 나한테 달린 거야."

"나는 너하고 같이 죽고 싶다는 생각은 해본 적이 없거든. 제발 나라도 여기서 내려줄래?"

"야, 이 치사한 놈아!"

"치사한 건 너지! 내가 운전면허 같이 따자고 했었잖아."

"너는 고2 때 이대 다니는 과외 선생 잘 가르친다고 맨날 칭찬하면서 과외에 나 껴줬어, 안 껴줬어? 내가 수학 성적 올려야 하는 거 알면서도 나한테 같이 하자는 말 한마디라도 했어, 안 했어?"

4차선 도로에서 물밀듯 밀려오는 차들 사이를 간신히 피해 다니는 차 안에서 지휘와 나의 신경은 무척 예민해지고 있었다. 급박한 상황이다 보니 마음 저 구석에 처박혀 있던 감정들이 거침없이 툭툭 튀어나와서는 자동차 안을 빠져나가지 못한 채 차 안의 공기를 둔탁하게 만들어 버렸다.

"내가 혼자 대학 가려고 했다는 말처럼 들린다. 너, 모르냐? 그때 내가 그 누나 좋아했었던 거. 어쩜 그렇게 눈치가 없니, 응?”

“아이구, 잘난 척은 지 혼자 다 하면서 눈은 낮아가지고. 내가 그럴 줄 알았다. 그러니까 니 성적이 오르질 않았지.”

버스와 덤프 트럭이 옆을 지나갈 때는 두 사람 모두 이성을 포기해 버리고 말았다.

“너는 니 가슴 두 개 합쳐 놓은 게 그 누나 한쪽만도 못하다는 거 모르지? 그러니까 넌 모르는 거야.”

“에게, 고작 그거였어? 만져 보기라도 한 사람 같다. 그때 과외 선생하고… 어머, 날라리.”

“만져 보지 않아도 누구나 다~ 알걸. 니 사이즈는 A, B, C도 아닌 주니어용이라는 거!”

끼이익~

요란한 굉음을 내며 순간 도로 한복판에 차를 멈추었다.

“내려!”

“어디 가려구?”

“일단 내려! 그때와 다르다는 거 보여줄 테니깐!”

나는 납치라도 하듯 지휘의 손목을 잡아끌었다.

“언니! 이건 너무 작다니까요.”

“손님이 직접 하실 거라면서요?”

"그러니까 너무 작아요. 한 치수 큰 걸로 주세요."

"브래지어를 크게 착용하신다고 가슴이 커 보이는 것은 아닙니다. 차라리 기능성 브라를 해보시는 게 어떠세요?"

"푸하하하."

큭큭거리며 웃음을 참고 있던 지휘가 끝내 웃음을 터뜨리고 말았다. 나는 반사적으로 지휘를 향해 원망스런 눈빛을 보냈다.

"미안."

"됐어, 맘껏 웃어."

"누나, 그걸로 주세요."

"됐다니까!"

"이걸로 포장해 드릴까요?"

"네, 작아도 예쁘거든요. 기능성 브라 같은 거 필요없어요."

"홋홋… 아… 그러세요?"

점원은 작아도 예쁘다는 지휘의 말에 나보다 더 부끄러워하며 분홍색 레이스가 달린 속옷 한 벌을 포장해 주었다.

"얼마예요?"

"니가 왜?"

"사주고 싶어서 그래. 선물한 지도 오래된 것 같고……."

"이거 비싼데?"

한바탕 소동을 피우고 마음이 진정되어서 그런지 다시 잡은 운전대는 조금 편하게 느껴졌다. 모든 것이 마음에 달려 있다더니……

　"고수부지 가서 해 지는 거 볼래?"

　"해 지는 건 좋은데… 지하철로 가면 안 될까?"

　나는 지휘를 짧게 흘겨보고는 한강을 향해 속력을 올렸다. 하지만 퇴근 시간의 체증으로 인해 우리가 한강에 도착했을 때 해는 자취를 감추어 버린 후였다. 일렁이는 물결을 잔잔하게 비추고 있는 달빛을 보며 우리는 잠시 말을 거두었다.

　"그래도 나오니까 좋다. 여름 공기가 너무 시원해. 이 차를 타고 집에 돌아갈 거 생각하니 등골이 오싹해서 그런 건가?"

　"잠깐, 고개 돌리지 마!"

　"뭐 하는 거야?"

　"선물 받은 건 그 자리에서 보여주는 거랬잖아."

　"뭘 또 보여주겠다는 거야?"

　지레 겁부터 먹고 차 문을 부여잡는 지휘에게 나는 손을 뻗었다. 그리고 은밀하게 그의 허벅지를 쓸어주었다.

　"릴렉스~ 긴장 풀어."

　"제발 내 몸에 손을 대지는 말아줘~ 제발!"

　거의 비명에 가까웠다.

"그렇다고 제발까지는 좀 심했다."

"나 너한테 고백할 거 있어."

"사실은 진작에 꼴렸었다고?"

"말도 참 교양있게 한다."

"알았어… 고백해."

"나 사랑하는 사람 생겼어."

나는 반사적으로 지휘를 향해 고개를 돌렸다.

"사랑하는 사람?"

"응."

"언제부터?"

"좀 오래됐어."

"나는 어떻게든 너를 자빠뜨리려 했고 그 가운데 너는 마음으로 어떤 여자를 사랑하고 있었다면… 또 내가 비참해져야 하는 건가?"

"니가 왜 비참해."

하지만 나는 비참했다. 왜 사람들은 모두 마음속에 다른 세상을 담고 있는 것일까? 나 혼자 아무것도 눈치 채지 못하게 꽁꽁 자기들만의 세상을 감추어두는 것일까? 차라리 말하지나 말지.

"도대체 이게 뭔지 나도 모르겠어. 헌수 오빠가 나를 사랑했지만 섹스는 하고 싶지 않았다고 했을 때, 나는 내 몸에 문제가 있는

가 한참 고민했었어. 그러고 보니 사랑에는 미수 오빠 말대로 섹스 그 자체는 아닐지라도 무언가 다른 사람들과 구분을 지어줄 수 있는 행위가 필요한 것 같기도 했고, 살 부비며 모든 걸… 온몸의 구석구석까지 함께 나누는 사람들을 보면 부럽기도 했어. 아아 그런 게 사랑이구나 싶어서. 그런데 니가… 지금 또 나를 헷갈리게 하고 있어. 보아하니 너 혼자 마음속에 담아두고 있는 사랑인가 본데… 그래도 너 지금 진지하잖아. 지금까지 네 입에서 좋아한다는 말은 여러 번 나왔어도 사랑이라는 말! 그건 처음이란 말야."

"그렇게 잘 알면서. 사랑하는 사람들이 은밀하고 달콤하게 나눌 수 있는 게 섹스라는 걸 그렇게 잘 알면서… 나한테 장난을 친 거야?"

"장난으로 보였니?"

"물론… 나도 알아. 니가 왜 그런 행동들을 하는지… 하지만."

"그래서 말인데 나한테 딱 한 번만 기회를 주면 안 될까?"

"우선 집에까지 무사히 데려다 줘. 그럼 생각해 볼게."

"정말? 좋아, 집까지 무사히 가는 건 문제없지. 참, 이거 받아."

"뭐야?"

나는 정성껏 준비한 보온병을 지휘에게 내밀었다.

"니가 요즘 비실비실해 보이더라구."

"윽… 냄새가 아주 지독한데?"

"몸에 좋은 거니까 쭉~ 마셔, 얼른."

"비릿해! 도대체 뭐야, 이거?"

"내가 직접 만들었어. 그러니 제발 마셔줘."

"직접, 니가 직접?"

"그렇다니까."

지휘는 미간을 찡그리면서도 한 방울 남기지 않고 보온병을 비웠다. 나는 지휘의 머리를 쓰다듬어 주면서 말했다.

"어이구~ 우리 강아지, 예쁘기도 해라."

"강아지, 이거 혹시?"

"아니야, 강아지 아니야."

나는 시동을 걸고 운전대를 잡으며 앞쪽 미러를 지휘의 중요 부분이 보이도록 고정시켰다. 약물의 효과를 똑바로 지켜보고 싶었던 것이다.

"내가 수산 시장까지 가서 직접 사온 거란 말이야."

"수산 시장?"

"잉어야."

"내가 애를 낳았어?"

"사실은 너한테 문제가 있는 거 같아서 말야."

"그런데 왜 잉어를 먹여? 그건 애 낳고 먹는 거잖아."

"내가 그렇게 고생해서 만들어준 보약이 애 낳고 먹는 거란 말야?"

"에이, 뭐야… 괜스레 비위나 상하구……."

"그럼 시내가 지 언니 애 낳을 때 잉어 먹은 얘기를 한 거였어? 아아~ 왜 나는 하는 짓이 전부 이 모양일까~ 아앙~"

사랑하는 여자가 있다는 지휘의 고백과 애 낳고 먹어야 힘을 쓴다는 잉어가 한데 어우러져 내 머리 속에서 갈리고 있는 듯했다. 그리고 그 결과물은 무척이나 아찔하고 허무했다.

"어어어어~ 이소영, 정신 차려! 운전대 잡아."

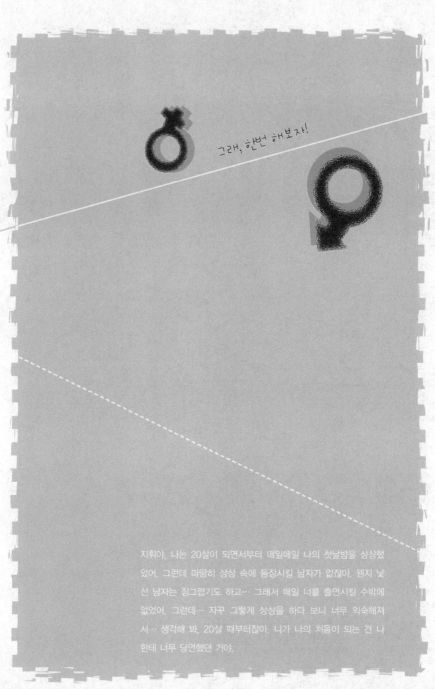

그래, 한번 해보자!

지휘야, 나는 20살이 되면서부터 매일매일 나의 첫날밤을 상상했었어. 그런데 마땅히 상상 속에 등장시킬 남자가 없잖아. 왠지 낯선 남자는 징그럽기도 하고… 그래서 매일 너를 출연시킬 수밖에 없었어. 그런데… 자꾸 그렇게 상상을 하다 보니 너무 익숙해져서… 생각해 봐, 20살 때부터잖아. 니가 나의 처음이 되는 건 나한테 너무 당연했던 거야.

the sixth day

그래, 한번 해보자!

　다음날 나는 학교에 가자마자 조교실에 들렀다. 엄마 차를 수리하기 위해서는 내가 지금껏 만져 보지 못한 큰돈이 필요했기 때문이다. 이토록 처참하게 직업 전선에 나가게 되다니… 조금 허탈하기는 했지만 그래도 다행이었다.

　"자, 학장님이 특별히 개인적인 연줄로 만들어주신 자리니까 잘해봐. 사고 치지 말고……."

　"네에~"

　"학장님 말씀이 전공도 살리고 적성도 살릴 수 있다고 하시던데, 내가 보기에도 네 수준에 딱인 거 같다."

"그렇네요."

"거기 선생이 하나 급하게 그만두는 바람에 당장 일손이 부족하대. 그러니 지금 바로 가봐라."

김 교수님이 나를 추천해 준 곳은 '시립 영어 유치원'이었다. 나도 처음에는 나의 순수함이 통하는 곳일지 모른다는 생각에 조금 위로를 받았다. 하지만 막상 유치원에 도착해 보니 그곳은 순수함이라는 단어가 살아남기 무척 힘든 장소였다. 장난감, 책, 크레파스 등으로 아수라장이 되어 있는 복도를 오리 새끼들마냥 꽥꽥 소리를 지르며 뛰어다니는 아이들과 그 뒤를 좇아다니며 마찬가지로 소리를 질러대는 교사들.

보자기를 목에 감고 하늘을 나르는 악마, 걸레질하는 선생 위에서 말 타기 하는 악마, 인형의 머리를 쥐어뜯는 악마.

그 모습들을 지켜보고 있자니 노래가 절로 나올 지경이었다.

"꽃밭에는 잡초가 모여 살구요. 악마들은 유치원에 모여 살아요."

[그렇다고 유치원 담벼락에서 그런 노래나 부르고 있으면 어떡해?]

"도저히 안으로 들어갈 용기가 나지 않아!"

똑바로 서면 내 키보다도 작은 미끄럼틀 밑에 쪼그리고 앉아서 지휘에게 응원을 바라고 있었다.

[내가 어떻게든 절반 정도 마련해 볼 테니까… 조금만 참고 다녀.]

"여기는 완전 딴 세상이야. 징그러운 개미들이 우글거리는 개미굴 같기도 하고… 삐죽삐죽 이쑤시개들이 빼곡이 꽂혀 있는 이쑤시개 통 같기도 하고…….."

"실례지만 어떤 일로……?"

나를 향해 다가오고 있는 여선생을 보고 나는 재빨리 휴대폰을 끊고 자리에서 벌떡 일어났다.

"안녕하세요? 저는 김영성 교수님 소개로 온 이……."

"아아, 이 선생님. 어서 오세요. 아니, 오셨으면 안으로 들어오시지 않고…….."

여자는 자기를 원장이라 소개했다. 그리고 유치원의 교육 이념과 특성 및 주변 환경에 대해서도 쉬지 않고 소개했다.

"그래서 얼마 준대?"

"두 달 참고 일하면 니 도움없이 수리비는 나올 거 같아."

"그럼 한 달만 해."

"왜? 너도 유치원에서 일하고 싶어? 니가 돈이 어디 있다구… 그리고 너는 나한테 이미 선심도 썼잖아."

나는 입이 쫙 벌어지도록 더블버거를 입 안 가득 우겨 넣었다. 숨이 막힐 것만 같았다.

"잊었어? 내가 어제 그랬잖아. 우리가 무사히 집으로 돌아가면 생각해 보겠다고… 근데 우리는 무사히 가지 못했으니 생각해 볼 필요가 없지."

"헉! 야, 그걸… 웩! 말… 윽! 말이라고……."

"천천히 먹고 얘기해."

버거킹에서 나와 지휘와 나는 헤어졌다. 지휘가 내게 지민이가 있는 병원으로 가줄 것을 당부했기 때문이다. 어쨌든 지휘는 기말고사를 치러야 하기 때문에 하루 사이에 사회인이 되어버린 내가 어른 역할을 담당하기로 한 것이다.

병실은 고요했다. 바쁜 생을 전부 보내고 이제 숨 쉬는 것조차 힘에 겨워 잠깐씩 호흡을 멈추는 85세의 할머니와, 건강한 몸과 마음으로 사랑을 하고 싶어하는 23세의 여자가 낯설지만 친근한 만남을 가지고 있을 뿐, 어떤 잡음도 섞이게 하고 싶어하지 않는 고요가 흘렀다. 마음으로 준비해 왔기 때문에 무덤덤하다면서 지민이는 의젓함을 보였지만, 당장에라도 자신의 손을 잡고 있는 할머니의 손이 생명을 잃고 쓰러지면 어쩌나 불안해 보였다. 온몸과 얼굴에 긴장감이 서려 있었다.

196

"흉하지?"

"아니, 나도 언젠가는 이런 모습일 텐데… 뭐."

"할머니가 된 소영이라… 언뜻 떠오르지 않는데?"

"우리 엄마가 그랬어. 나이를 먹는다는 것은 모든 것에 종지부를 찍는 것이 아니라 한 번씩 그려주면 되는 쉼표 같은 거라구. 어린 시절에는 이해되지 않던 많은 것들을 머리가 아닌 가슴으로 이해를 하게 되고… 어떤 문제들이 들이닥쳐도 끄떡없대. 그 해결책을 알아서가 아니라 어떻게든 그것들은 사라져 버릴 거라는 사실을 알기 때문에… 살면서 만나는 모든 것들은 전부 한순간 불어오는 바람과 같은 것이니까……."

내 말에 감동이라도 한 듯 지민이는 은근한 눈빛으로 나를 보았다.

"나는 너의 입술에 말 줄임표를 찍을래."

감동시키기 위해 꺼낸 말은 아니었는데… 그동안 삶과 죽음의 문턱에서 지민이는 많이 지쳐 있었나 보다, 이 정도 말에 감동하다니……. 하지만 지민이의 짧은 입맞춤이 달콤하기는 나도 마찬가지였다.

"말 줄임표는 세 번 찍는 거지?"

나는 지민이의 입에 다시 쪽~ 하고 소리가 나도록 두 번 더 뽀뽀를 했다.

"제대로 하려면 여섯 번이지……."

그렇게 말하며 지민이가 달려들었다. 하지만 큭큭 터져 나오는 웃음 때문에 나는 그만 지민이의 키스 세례를 놓치고 말았다.

"할머니, 미안해요."

나는 새하얀 눈덩이를 머리에 이고 있는 아기 천사처럼 평온해 보이는 할머니 앞에서 젊음을 과시한 듯 느껴져 진심으로 사과했다. 지민이는 엷은 미소를 보이며 내 손목을 잡아 창가로 이끌었다.

"요 며칠, 할머니와 침대에 나란히 앉아서 바깥 구경을 했는데… 나는 위에서 아래로 세상을 보았거든, 그런데 할머니는 아래에서 위로 보시더라……."

"뭐가 다른데?"

"우리는 지금 위에서 아래로 세상을 보며 살고 있잖아, 빠르게… 그리고 반짝이는 것들만 보면서 말야… 그런데 할머니는 아래에서 위로 세상을 보시는 거야. 땅 위에 사람들과 나뭇가지 위에 새들과 공중을 날아다니는 바람과 저 멀리 있는 별과 하늘과 달… 어떤 것 하나 놓치지 않고 다 보시는 거야."

나는 고개를 끄덕였다

"할머니는 지금 우리보다 더 많은 것을 가지고 있어. 미안해할 사람은 니가 아니라 할머니라는 말이야."

그리고는 지민이는 내게 뽀뽀가 아닌 키스를 했다. 그리고 다른 한 손으로는 내 작은 어깨를 쓰다듬고 있었다.

"할머니가 부러워하지 않을까?"

나는 지민이의 귀에 속삭였다.

"절대로!"

지민이는 다시 내게 키스를 하고 어깨를 감싸고 있던 손으로 내 머리와 귀를 감싸주었다.

'가슴까지 밀고 들어와도 허락해 줄게······.'

나는 친근하면서도 약간의 긴장감을 동반하는 지민이의 손길이 따뜻하게 느껴져 내 모든 것을 순식간에 다 맡기고 싶었다. 그래서 나는 적극적으로 내 두 손으로 그의 목을 감싸고 내 몸을 지탱시키며 열렬히 키스를 했다. 이 정도 키스라면 다음날 혀에 멍이라도 들어 있을 것이다. 정말 오랜만에 해보는 열정적인 키스였다. 지민이의 입술은 드디어 내 목과 가슴으로 이어졌다. 숨을 제대로 쉴 수가 없었다.

"너무 멋져!"

"이제 시작이야."

정말 시작이었다. 지민이는 조심스레 내 몸의 구석구석을 어루만지기 시작했다. 마치 감전이라도 된 듯 찌릿찌릿해 오는 기분을 느낄 수가 있었다.

하지만 이때 문이 벌컥 열리면서 힘들게 잡아놓았던 병실의 무드는 모두 산산이 부서져 딱딱한 병원 집기들과 간이 침대 속으로 사라져 버렸다. 그리고 민망한 얼굴로 우리를 쳐다보는 간호사의 모습이 눈에 들어왔다. 나는 서둘러 옷을 추스렸다.

"환자는 아직 약물에 반응이 없나요?"

"아직 우리도 서로 반응을 못했는데요, 뭐."

우리를 똑바로 쳐다보지도 못하는 간호사를 보며 지민이가 짖궂게 말했다.

"예? 아 저기… 만약 환자가 깨어나면……."

"네, 깨어나지 않도록 조용히 할게요."

"푸하하하."

서둘러 도망가는 간호사의 뒷모습을 보며 지민이와 나는 한참 웃었다.

"나가자. 우리도 바람 좀 쐬자."

우리는 병원 옥상으로 올라갔다. 지민이는 냉기가 그대로 남아 있는 콜라 캔을 내 가슴에 들이밀었다.

"앗, 차가워."

"열 좀 식히라고… 아직도 얘 혼자 흥분해 있을 거 아냐."

"그래?"

나는 가슴속으로 캔을 밀어 넣었다. 찬 기운이 살에 닿자 찌릿

찌릿 속살이 올라오는 것 같았다. 지민이는 내 옷을 여며주며 캔 뚜껑을 따주었다.

"울보에 코 찔찔이었던 이소영이 여자가 되어 있다니… 그래서 그랬나 봐."

"뭐가?"

"성장한 널 보는 순간 안고 싶은 충동을 느꼈었어."

날 안고 싶었다고? 분명히 그는 말했다. 충동을 느꼈다고 말이다. 그토록 듣고 싶었던 말인데 왜 이리 내 마음은 침착한 걸까. 간절히 바랐던 것이 아무 노력 없이 일순간 내 손안에 들어온 기분마저 들었다.

"난 그때도 여자였어. 그러니까 오빠를 짝사랑했지."

"네가 언제 나를 짝사랑해."

"정말이야. 어리다고 사랑을 못하는 건 아냐. 나 정말 가슴이 타버릴 것처럼 너를 짝사랑했어."

"내 말은 짝사랑이 아니었다구……."

"정말? 그랬어?"

나는 지민이의 품에 와락 안겼다.

"하지만 말야, 지금은 달라."

"그래, 지금은 당연히 다르지. 나는 그냥 그 사실이 너무 좋아. 내가 오빠를 사랑했고… 10년이 지난 지금 알았지만 너도 나를

사랑했고… 사랑이 그렇게 단순한 거라서 나는 지금 좋아죽겠
어."

"네가 사랑한 게 오빠야 너야?"

"훗훗… 미안미안."

"그럼 12살에 이루지 못한 사랑을 제대로 한번 실현해 볼까?"

지민이의 손이 바로 내 스커트 속으로 밀려 들어왔다.

"1부가 끝나고 2부로 이어질 때는 1부의 마지막을 다시 보여줘
야 관객들이 이해하지 않겠어?"

급작스럽게 움직이는 지민이의 손을 막으며 내가 말했다.

"내가 좀 공격적이었나? 조금 오래되기는 했다. 알았어, 내가
1부의 마지막을 다시 연출해 볼게."

지민이는 내 신발을 벗기고 양말까지 벗겼다.

"에게, 뭐야. 양말은 왜 벗겨."

"가자, 내려가서 계속하자."

지민이는 내 신발을 가슴에 품고 일어났다.

"어어, 신발 줘~"

"너도 내 신발을 숨겼었잖아. 푸하하하~"

지민이가 사라지고 난 뒤에도 지민이의 웃음소리는 주인 잃은
강아지처럼 빈 공간을 맴돌았다.

'저런 모습도 있네……'

나는 지민이의 새로운 모습에 놀라워하며 맨발이 되어 종종걸음으로 뒤를 좇았다.

"왜 안 들어가고 서 있어."

할머니 병실 문을 활짝 열어젖히고 멀뚱히 서 있는 지민이의 등을 와락 끌어안으며 말했다.

"지휘야! 오늘 못 온다더니?"

"지휘?"

나는 풀어진 옷과 헝클어진 머리로 지휘 앞에 설 자신이 없었다. 왠지 지휘에게 부끄러운 생각이 들어 지민이 뒤에 꼭꼭 숨었다.

"넌 뭐냐, 왜 그 뒤에 숨고 그래?"

지휘는 빠른 걸음으로 나를 앞질러 걸었다. 종종걸음으로 따라붙으면 또 그만큼 다시 간격을 두고 걸었다. 달까지 나를 따돌리고 지휘를 따랐다.

"사실 니가 화를 낼 거까지는 없잖아?"

나는 그만 소리를 지르고 말았다.

"그치, 화가 날 이유는 없지. 근데 실망은 해도 되는 거지?"

"내가 일부러 그런 거 아니야. 필이 통한 거지."

"그래서 이제 확인한 거야? 니가 여자라는 사실. 이제 확인된 거냐구? 세상에 나한테 그러지 말라고 했더니 그새를 못 참고……."

"못 참은 건 내가 아니라 지민이야. 최소한 지민이는 너보다 정직해."

"지 할머니는 생사가 오락가락하시는데… 여자 애랑 놀고 있는 게 정직한 거냐?"

"잘난 척하지 마. 너 지금까지 니가 하고 싶을 때 정직하게 해본 적 있어? 넌 니가 원하는 대로 해보기 위해서 치사스럽게 여자들 비위 맞추기는 싫고, 끈적끈적 엿가락처럼 늘어지는 꼴도 보기 싫으니까 마치 성인군자인 것처럼 쿨하게 연애만 하면서 고상한 척했잖아! 언제나… 늘… 그러면서 순수한 척은 지 혼자 다하고 말이야."

"그럼 너처럼 친구든 사촌이든 할머니가 죽어가든… 아무 상관도 없이 필 꽂히면 물고 빨고 그런 게 쿨한 거야?"

"우린 지금 젊잖아. 언제까지나 이렇게 예쁘고 당당할 수 없잖아. 그리고 사랑이 뭔지는 아직 알 수 없는 거잖아. 그럼 좀 더 솔직해지면 되는 거 아냐? 책임이니 우정이니 사랑이니 머리 속에서 엄청 계산기나 누르고 있는 것보다는 나은 거 아냐?"

"너는 니 사촌 오빠한테도 키스하고 싶니? 옆집 아저씨하고도 자고 싶은 건 아니구? 나는 한낱 몸 장난보다는 관계를 소중히 하

204

는 사람이거든… 그게 니 앞에서 계산기나 두드리는 쪼잔한 놈처럼 보일 줄은 몰랐지만 말야."

"니가 지금 나한테 한 말 후회 않을 자신있어? …내일 니가 먼저 사과할 거지?"

"안 해."

지휘는 나를 텅 빈 골목길에 내버려 두고 혼자서 씩씩하게 걸어갔다. 다시는 돌아오지 않을 사람처럼 조금의 여지도 남기지 않고 당당하게 걸어갔다. 중학교 2학년 때 지휘가 보여주었던 단호한 뒷모습이 떠오르게 했다.

"그럼 너는 내가 없어져도 아무 상관 없다는 거지?"

"그런 말은 아니었어. 그냥 너무 습관처럼 옆에 붙어 있으니까… 가끔씩은 불편하기도 하단 말이지."

"왜? 언제 불편한데?"

"너는 친구가 나밖에 없잖아. 그래서 나는 수현이랑 놀 때도 정은이랑 놀 때도 너를 신경 써야 하고……."

"알았어."

지휘는 더 이상 말을 하지 않고 빠른 걸음으로 나를 지나쳐 갔었다. 당시 여자 아이들과의 사사로운 수다와 비밀스런 이야기에 재미를 느끼고 있던 나는 항상 내 옆에 있는 지휘가 조금은 부담스럽고 가끔은 귀찮기도 했었다. 그래서 대청소가 끝나도록 온종일 나를 기다렸던 지휘에게 망언을 하고 말았던 것이다. 텅 빈 운동장 한가운데 길게 이어진 신발 자국을 남기며 멀어져 가는 지휘를 보며 나는 그 길의 연장선에 홀로 서서 후회해도 소용없는 말들을 주워 담고 있었다.

다시는 돌아오지 않을 것처럼 나를 운동장에 버리고 갔던 지휘가 얼마나 힘들게 내게 돌아왔는지… 나는 다시 떠올리고 싶지도 않았다. 이렇게 지휘를 보낼 수는 없었다. 어떻게든 잡아야 했다.

"야! 박지휘!"

"무슨 할 말이 남았는데?"

"너, 그때 내가 서양 미술사 리포트 써줬더니 술 한번 산다고 했었지?"

"뭐?"

"기억 안 나?"

"리포트 제출하고 레드독에서 새벽 2시까지 마셨잖아. 그때 내가 계산했어."

"그건 나랑 헌수 오빠 77일 기념으로 니가 산 거였어. 리포트 건은 아직 안 샀어."

"그래서 지금 그 술을 사라고? 싫어! 나 너랑 더 얘기하고 싶지도 않아."

"내일 나한테 사과 안 할 거라며? 그럼 우리 영영 끝인데… 알 잖아? 나 받을 거 있음 다리 뻗고 못 자는 거. 얘기는 안 해도 돼. 그냥 술만 사."

나의 우격다짐으로 우리는 결국 동네 포장마차에 가게 되었다. 하지만 지휘는 정말 아무 말이 없었다.

"나랑 정말 얘기하기 싫어?"

"응."

"왜?"

"널 이해할 수 없으니까."

"그런데 지금은 왜 얘기해? 이것도 얘기잖아."

"흠흠……."

"……."

우리는 서로의 잔이 비어도 신경 쓰지 않으며 각개 전투로 술을 마셨다. 그리고 나는 한 병을 말끔히 비운 다음 비로소 용기를 내어 지휘에게 말을 붙일 수 있었다.

"우리 게임할래?"

지휘는 미간을 찌푸리며 나를 보았다. 그리고 소주잔이 철철 넘치도록 가득 채워서 한 모금에 들이키고는 다시 나를 보았다.

"애도 아니고 게임은… 무슨 게임?"

"질문 게임!"

"질문만 하는 거?"

"응. 대답하는 사람은 한 잔씩 벌주 마시는 거야."

"해봐, 그럼."

나는 지휘의 잔과 내 잔에 소주를 가득 채워 담았다. 그리고 게임을 시작했다.

"내가 제일 좋아하던 인어공주 머리에 껌 붙여놓은 거 너 맞지?"

"니가 내 501 청바지 가져갔지?"

"우리가 처음 배낭 여행 갔을 때, 영국에서 너 혼자 새벽마다 나갔었어. 그때 어디 간 거야?"

"고 3때 너 축구 부장 좋아했지? 그래서 너랑 사귄다고 소문냈지, 니가?"

"한 달 전에 니 방 화장실 변기 막히게 했던 거… 나라고 말했지, 엄마한테?"

"헌수 형이랑 너 제주도로 여행 갔을 때 내가 따라가지 않은 거 배탈 때문이 아니라고 아직도 생각하고 있지? 비행기 좌석 따로 배치되었다고 삐친 줄 알지? 넌 내가 그렇게 속 좁은 남자라고 알고 있는 거지?"

208

"너 문창과 후배랑 소개팅할 때 내가 술 잔뜩 마시고 나타났던
거 아직도 방해하려고 일부러 그랬다고 생각해?"

"그럼, 아니었어?"

"니가 문자 보낸 거 그렇게 훼방 놔달라고 SOS 친 거 맞지?"

"마이클 잭슨 콘서트 니가 너무 가고 싶어해서 티켓 구한 사람
내가 한 달 동안 쫓아다니면서 부탁하고 사정하고 협박까지 해서
구한 거 너 몰랐지?"

며칠 동안 학교 수업도 빠지더니 자랑스럽게 마이클 잭슨 공연
티켓을 들고 나타났던 지휘의 얼굴이 떠올라 나는 잠시 아무 말
도 하지 않고 지휘를 물끄러미 바라보았다.

"내가 지민이랑 끝까지 갔을까 봐 더 화가 난 거지?"

"지민이가 널 좋아해서 그런 거라고 생각하고 있니?"

"니가 처음으로 본 여자의 나체… 나지?"

"입학식 때 정장 맞추러 가서 내가 옷 갈아입고 있는데… 니가
피팅 룸에 잘못 들어온 거… 실수 아니었지?"

"풋……."

"마셔!"

"대답한 거 아니잖아."

"반응한 거잖아."

"알았어, 마시면 될 거 아냐."

내가 잔을 비우려고 하는 순간 지휘의 질문이 또 날아왔다.

"지민이를 사랑하니?"

나는 지휘의 잔을 내 앞으로 가져왔다. 그리고는,

"아니!"

나는 자신있게 대답하고 연거푸 두 잔을 마셨다.

"내가 너를 얼마나 소중하게 생각하고 있는지 모르지?"

"너~ 사랑한다는 사람이랑… 그 사랑 이루어지면 나한테 소홀해질 거지?"

"내가 사랑하는 사람 누군지 말해 주면 니가 더 멀어질 거 같은데… 그럴 거니?"

"너도 아직 경험 없지?"

"너 솔직히 나랑 하고 싶었지?"

나는 대답을 생략하고 벌주를 마셨다.

"너 솔직히 나한테 넘어오고 싶었지?"

지휘도 벌주를 마셨다. 그리고 우리는 어깨동무를 하고 밖으로 나왔다.

"지휘야, 나는 20살이 되면서부터 매일매일 나의 첫날밤을 상상했었어. 그런데 마땅히 상상 속에 등장시킬 남자가 없잖아. 왠지 낯선 남자는 징그럽기도 하고… 디카프리오랑은 말이 안 통하니까 진행이 안 되고… 그래서 매일 너를 출연시킬 수밖에 없었어. 그런데… 자꾸 그렇게 상상을 하다 보니 너무 익숙해져서… 생각해 봐, 20살 때부터잖아. 니가 나의 처음이 되는 건 나한테 너무 당연했던 거야. 물론 그렇다고 일부러 너한테 이런 짓을 벌인 건 아니었지만."

"소영아, 우리 집까지 누가 먼저 달려가나 시합할래?"

"달리기?"

"진 사람이 이긴 사람 소원 들어주기!"

나는 지휘의 말이 떨어지자마자 달렸다. 지휘도 나를 따라 뛰었다. 술기운에 제자리걸음을 하듯 속도가 나지는 않았지만 금세 숨이 차 올랐다. 지휘는 쓰러지듯 내 뒤에서 나를 끌어안으며 나를 멈추게 했고, 우리는 헐떡거리며 겨우겨우 지휘의 집까지 갈 수 있었다.

"누가 이긴 거지?"

"무슨 상관이야. 어차피 소원은 똑같을 텐데."

"그런가? 자 엎혀!"

"걸을 수 있어."

"우리 엄마 귀 밝은 거 몰라? 발자국 소리가 두 개면 안 되잖아."

나는 지휘의 등에 훌쩍 뛰어올랐다. 지휘는 땀을 뻘뻘 흘리며 현관문을 열고 이층 계단까지 나를 실어 옮겼다. 우리가 계단을 오르고 있을 때 지휘 어머니께서,

"지휘야, 이제 들어오니? 문단속하고 올라가라~"

우리는 어머니가 밖으로 나오시지나 않을까 조금은 두근거렸지만 무사히 지휘의 방으로 올라갈 수 있었다.

"키스해 줘!"

내 말이 떨어지기가 무섭게 지휘는 내 머리를 쓸어주며 정수리에 입을 맞추었다.

"자, 니가 상상했던 것들을 이야기해 봐. 어떤 게 제일 좋을지……."

#1

#2

#3

#4

하지만 우리의 첫경험은 그동안 나의 그 많은 상상 속에서 매우 능숙하게 진행되었던 모든 경우의 수를 철저히 무시해 버렸다.

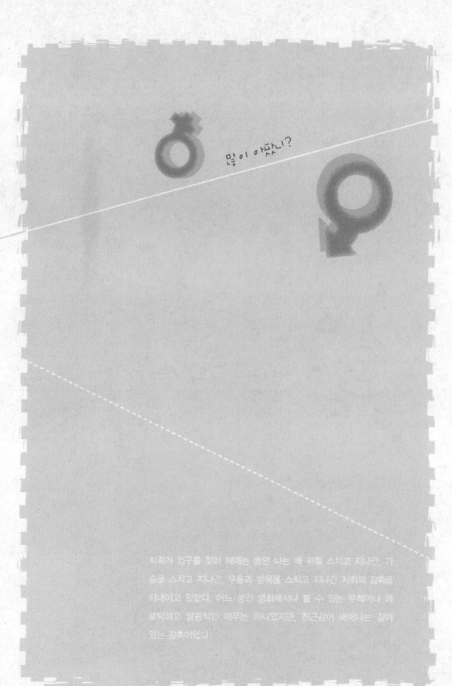

많이 아팠니?

지휘가 입구를 찾아 헤매는 동안 나는 배 위를 스치고 지나간, 가
슴골 스치고 지나간, 무릎과 발목을 스치고 지나간 지휘의 감촉을
되내이고 있었다. 어느 성인 영화에서나 볼 수 있는 무척이나 에
로틱하고, 발광적인 애무는 아니었지만, 친근감이 배어나는 깊이
있는 감촉이었다.

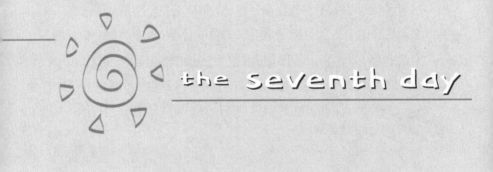

the seventh day

많이 아팠니?

　창문 끝에 걸려 우리를 몰래 훔쳐보고 있는 초승달의 시선이 부담스러웠는지… 지휘는 방에 들어서자마자 커튼을 내렸다. 그리고는 천천히 내게 다가와 땀에 젖은 내 머리칼을 쓸어 올리며 키스를 시도했다. 조금씩 다가오는 지휘의 도톰한 입술이 확대되어지는 동안 나는 혈관이 터져 나올 것같이 들끓는 청춘의 피를 느꼈다. 온몸을 도는데 고작 46초밖에 걸리지 않는다는 혈액이 마치 빛보다 빠른 속도로 내 몸을 순환하는 듯 정신이 아득해졌다.

지난 며칠 동안 지휘를 유혹한다며 바둥거리기는 했지만 그
것은 막연한 욕구에 불과했다. 이렇게 섹스의 최전방에 서게 된
그 순간의 흥분과 설레임은 머리 속에서 정전을 일으키며 이성
을 잠재웠다. 하지만 지휘의 이성은 아직 잠들지 않았었나 보
다.

　"킁~ 킁~ 냄새 나."

　지휘가 키스를 하려다 멈추는 것이었다.

　"도저히 참을 수가 없는걸……."

　"냄새는 무슨 냄새가 난다고 그래."

　"술 냄새… 땀 냄새… 입 냄새… 진동을 하잖아."

　"너는 섹스를 코로 하니?"

　"이리 와."

　지휘는 나를 이끌고 샤워실로 향했다.

　"우리 목욕부터 하자……."

　우리는 옷을 벗을 생각도 안 하고 서로의 몸에 비누 칠을 해대
며 물을 뿌렸다. 손이 가슴에 닿을까 조심스레 비누 칠을 해주는
지휘는 마치 '아직은 아니야, 아직은 아니야'라고 주문을 외며 비
밀 상자의 뚜껑을 열지 못하는 사춘기 소년의 얼굴 같았다. 하지
만 젖은 셔츠 사이로 아릿하게 비치는 지휘의 살갗은 나의 호기

심을 먼저 자극했다.

"지휘야, 우리 그냥 옷 벗자."

"안 돼."

"안 되긴 뭐가 안돼… 어차피 다 보게 될 텐데."

"여긴 이불이 없잖아."

"겁쟁이."

흠뻑 젖은 몸이 되어 방으로 돌아온 우리는 한참 동안 이불을 뒤집어쓴 채 그대로 있어야만 했다. 여름 밤이었지만 축축히 젖어 있는 옷에서 차가운 물방울이 피부 속으로 그대로 스며들고 있었기 때문이다.

"어쨌든 너는 바지를 벗어야 하잖아."

"우리 내일 할래?"

"오늘 할 수 있는 일은 내일로 미루지 말라잖아?"

나는 망설임이 가득 배어 있는 지휘를 보며 솔선수범(?)하는 정신으로 먼저 바지를 벗었다. 지휘는 미끄러져 나오는 내 다리를 잠시 물끄러미 바라보더니 무슨 다짐이라도 가슴에 새긴 듯 비장한 얼굴로 이불 속에서 빠져나왔다. 그런 지휘에게 다가가 나는 옷을 벗을 수 있도록 도왔다. 마치 6살난 꼬마 아이가 엄마의 도움을 받아 옷을 벗듯 지휘는 차례차례 한쪽 팔을 들어주고 어깨를 올려주었다.

"푸하하하, 이게 언제 사준 팬티인데 아직도 그걸 입고 있어."

지휘는 내가 3년 전 크리스마스에 선물했던 싼타 할아버지 그림의 노랑색 박스 팬티를 입고 있었다. 생각보다 탄탄하게 단련된 구릿빛 피부에 노랑색과 빨강색이 넘실거리는 산타클로스 팬티라… 터져 나오는 웃음을 참을 수가 없었다.

"그러니까 내가 내일 다시 하자고 했잖아."

"마저 벗기나 해."

지휘는 팬티를 움켜쥐며 탄성을 질렀다.

"안 돼~"

"쉿! 조용히 해."

나는 지휘의 입을 막으며 경고의 눈빛을 보냈다.

"누가 보면 내가 널 겁탈이라도 하는 줄 알겠어. 첫날밤 치르는 새색시도 아니구 도대체 왜 그래?"

"너도 아직 다 벗지 않았잖아."

"지금 무슨 일 대 일 물물 교환이라도 하니? 나 원 참~"

나는 셔츠의 단추를 풀기 시작했다. 스스로도 유난스럽다고 느꼈는지… 이번에는 지휘가 자발적으로 다가와 내가 옷을 벗을 수 있도록 도왔다.

우리의 신체는 정말 뇌의 지배를 받는 것일까? 온몸의 세포들이 제각각 흥분되어 있는 듯 느껴졌다. 지휘의 손이 채 닿기도 전에 가슴까지 봉긋이 올라왔고, 온몸의 에너지가 한곳으로 집중되는 것처럼 느껴졌다. 마치 내 안의 블랙홀로 빨려 들어가 버릴 것만 같았다.

"에게게……."

브래지어의 훅을 풀어내며 지휘가 처음 내뱉은 탄성이었다.

손바닥으로 내 가슴을 움켜쥐는 지휘는 애무를 한다기보다 측정이라도 하는 것처럼 보였다.

"한 줌도 안 되는데… 히히 귀엽긴 하다."

"한 줌은 안 돼도 한 입은 될걸……."

정말 못말린다는 얼굴로 나를 보는 지휘.

"저질."

"다들 그렇게 해."

"말로 하지는 않을걸."

"그니까 내 말이 그거야… 이제부터 몸으로 대화 좀 하자. 진도 좀 팍팍 나가자, 응?"

하지만 예습도 안 해온 학생들이 진도를 술술 나갈 수는 없다는 것을 이내 깨닫게 되었다. 그럼 무면허 운전자처럼 과감한 구석이라도 있었어야 하는 거 아닌가?!

지휘는 성적 환상이나 절제할 수 없는 욕망에 불타오른다기보다는 호기심 어린 눈빛을 하고 있었다. 함께 침대에 몸을 누이고 몇 분이 지났을까… 드디어 지휘가 내 몸에 손을 얹기 시작했다. 좁은 나의 어깨를 두 손으로 감싸며 목덜미에 가벼운 입맞춤을 했다. 지휘의 따뜻한 손길이 나의 온몸을 타고 내리는 동안, 나는 몸이 한없이 가벼워지는 기분에 젖어들었다. 꼭 감은 두 눈에도 지휘의 모든 것들이 보이는 듯했다.

하지만 어려움은 이제부터 시작이었다.

"도저히 못 찾겠어."

"좀 있으면 날이 새겠어."

"잠깐만 다시 한 번 해볼게."

지휘가 입구를 찾아 헤매는 동안 나는 배 위를 스치고 지나간, 가슴을 스치고 지나간, 무릎과 발목을 스치고 지나간 지휘의 감촉을 되내이고 있었다. 어느 성인 영화에서나 볼 수 있는 무척이나 에로틱하고 발광적인 애무는 아니었지만, 친근감이 배어나는 깊이 있는 감촉이었다. 달콤한 기분에 젖어 있던 나는 이제 내가 보다 능동적으로 움직여야 할 것 같다는 책임감이 들었다. 그래 아직도 헤매고 있는 지휘를 향해 미끄러져 내려가며 골반을 움직였다.

조금 부끄러워하는 듯 보였지만, 그래도 지휘는 열심히 나와 호흡을 맞추려고 했다. 아무 말도 하지 않았지만 나의 몸과 지휘의 몸이 서로를 원하며 그들 간의 은밀한 대화를 나누는 듯 보였다. 그리고 마침내 흐물흐물한 달팽이의 몸둥이가 주르르 텅빈 집 안으로 들어가듯 지휘는 내 안으로 들어왔다. 짧게 토해내는 지휘의 신음과 함께 집채와 하나가 된 달팽이가 언덕에서 데구르르 굴러 내리기 시작했다.

창문을 비집고 들어오는 여명에 언뜻언뜻 보이는 지휘의 얼굴은 조간 신문이라도 읽고 있는지 무척이나 심각했다. 내 몸을 소중하게 대하는 그 손길, 그리고 아직 용기가 나지 않아 볼 수 없었던 지휘의 변신, 통증이 있었지만 잘 참았던 나의 성문, 우리는 그렇게 몸을 열고 있었다. 갖가지 과일에 상큼한 소스를 듬북 얹어놓은 것처럼 달콤했던, 맛있는 시간이었다.

하지만 내 몸에서 내려온 지휘는 나와 시선을 맞추려 하지 않았다. 지휘를 똑바로 쳐다보기가 불편했던 것은 나도 마찬가지였다. 그래서 나는 주섬주섬 옷을 주어 입고 급히 지휘의 방을 빠져나왔다. 그리고 100미터도 채 되지 않는 우리 집까지 걸어오면서 나는 머리 속이 복잡해졌다. 마치 거짓말을 들켜 버린 것처럼 부끄럽기도 했고 내 속마음을 그대로 보여준 것처럼 허탈하기도 했다.

225

집으로 돌아와 나는 두 손을 가지런히 가슴께에 모으고 침대에 그대로 쓰러졌다. 잠을 청해보려고 했지만 쉽지 않았다. 몸이 공중으로 30미터 정도는 떠 있는 것처럼 느껴졌다. 마음이라는 것은 소멸된 상태였고, 어젯밤 지휘 방에서 일어났던 일들은 뒤죽박죽이 되어 한줄기로 엮이지가 않았다.

"지휘가 나에게 키스를 했고. 우리는 함께 샤워를 했어. 거기서 내가 옷을 벗었나? 아니지, 변기에 지휘 발을 빠뜨린 다음 물세례를 받으며 밖으로 뛰쳐나왔어. 그 다음… 그 다음은 뭐지?"

의미없는 생각의 조각 모음이었지만 그 다음에 벌어졌던 일들이 바로 떠오르지 않으면서 헤아릴 수 없는 불안이 닥쳐왔다. 내가 그동안, 23년 동안 알고 있었던 지휘가 내 안에서 실종되어 버린 것만 같았다. 방금 나와 섹스를 한 남자는 더 이상 지휘가 아니었고, 하나가 되었다가 이렇게 떨어져 나온 내 몸에 아직도 붙어 있는 그 손길이… 그 감각이 모두 되살아나서 끊임없이 그 남자의 손길을 간절히 원하고 있었다.

"뭐? 지휘하고 잤다고?"
"아예 마이크 빌려서 광고라도 때리지 그러냐?"
하지만 시내는 흥분할 만했다. 나 역시 여러 번 망설인 끝에

이처럼 담담하게 아무렇지 않은 체하며 말을 꺼낼 수 있었던 것이다.

"너한테 말을 해야 하나 많이 고민했어."

"왜 하기로 결심한 거야?"

"설마 자랑이라고 생각하는 건 아니지?"

"나도 지금 너한테 어땠냐고 물어볼까 많이 고민하는 중이야."

"대답해?"

"아직 묻지 않았어."

내가 좋아한다고 마음을 털어놓은 남자와 시내가 섹스를 했다면 나는 기분이 어땠을까? 물론 유쾌하지는 않았을 것이다. 하지만 나와 지휘에게는 시내를 개입시킬 수 없는 관계가 이미 뱃속에서부터 형성되어 있었다. 그리고 적어도 시내와 지휘는 데이트는 물론이고 단순한 스킨십도 없었다는 사실이 나를 조금은 당당하게 뒷받침해 주고 있었다. 솔직히 시내가 지휘를 믿는다고 했던 말, 나에게 절대 반응할 리가 없다고 했던 말에 대한 오답 처리를 하고 싶었던 마음도 어느 정도 작용했다고 할 수 있다. 그야말로 어느 정도.

"어땠어?"

"아직도 함께 있는 거 같아. 아직도 지휘가 내 안에 있는 거 같아."

시내는 시선을 떨구었다.

"너 혼자만의 섹스를 물은 게 아니야."

"지휘와 내가 함께해야 할 숙제를 해결한 기분이야."

"만족스럽게?"

"응."

"니가 무드를 잡은 거야?"

"애초에 시작이 그랬던 거잖아."

"근데 결정적으로는 아니었다는 거지?"

"응."

"그럼 이제 너희 둘은 어떻게 되는 거야?"

"어떻게 되다니?"

"그렇잖아. 섹스라는 것은 어떤 사이에서든지 아예 하지를 않던가 지속적으로 지칠 때까지 하던가 둘 중 하나야. 내놓고 원나잇스탠드가 아닌 이상. 그 정도 생각도 안 했던 건 아니지?"

"안 했어. 알잖아, 나는 바로 눈앞에 있는 고민만 하는 거."

"그럼 지금 고민해 봐."

"어떡하지?"

"바보. 그걸 나한테 물어보면 어떡해?"

정말 왜 나는 '앞으로'를 생각하지 않았을까…….

"이러다 니 둘 섹스 파트너가 되는 거 아니니?"

"설마……."

"그럼 이 기회에 사귀게 되는 거야?"

"설마……."

"그럼 뭐야, 대체?"

"소리 지르지 마! 머리 아파지려고 그래!"

#1

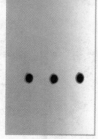

#2

#3

하지만 시내는 계속해서 소리를 질렀다. 그리고 내 머리 속은 점점 새하얗게 변해가고 있었다. 아무리 고민을 해보아도 이제 지휘와 나는 어떻게 되는 건지 답을 찾을 수 없었던 것이다.

생각만 해도 끔찍했다. 혼자서 몸서리를 치고 있는 나를 보며 시내는 못마땅하다는 듯 눈살을 찌푸리며 말했다.

"니가 이처럼 부러워 보기는 처음이다."

시내는 먼저 자리에서 일어났다. 그리고 나는 혼자서 커피를 다섯 잔이나 내리 리필해 마셨다. 지금 당장 지휘를 어떻게 보느냐는 문제도 아니었다. 정말 심각한 것은 앞으로 지휘와 내가 어떻게 될 것이냐이다. 설마 지휘도 아무 생각 없이 행동한 것일까? 지휘에게 일말의 기대를 품고 싶었지만 이런 상황에서는 지휘라 해도 별수없을 게 당연했으며, 어느 정도 내 스스로 해답을 찾기 전까지는 지휘를 볼 수 없을 것이라는 판단이 직감적으로 내려졌다.

잘못을 저지른 것도 아닌데 마치 죄인이라도 된 양 심각하게 마주 앉아서 섹스가 우리에게 미친 영향과 향후 나아가야 할 방향에 대해서 논의를 하고 싶은 마음은 추호도 없었다. 그런 가운데 나는 그동안 지휘와 내가 보낸 사소한 시간들이 얼마나 소중한 추억이었는지를 낱낱이 깨닫고 있었다.

이맘때쯤이면 언제나처럼 이번 여름에는 어디로 여행을 갈까, 어떤 주제로 책을 읽어볼까, 이것저것 이야기를 나누며 방학을

231

기다렸을 것이다. 함께할 수 있다는 것이 그토록 감사한 것인지 이제야 알 것 같았다. 게다가 이번 방학은 지휘가 복학하고 처음 맞는 여름이며, 내게는 학생이라는 신분으로서는 마지막이 될 수밖에 없는 휴가였다. 생각없이 마냥 즐겁기만 했던 그 시간 속으로 숨어버리고 싶었다. 한없이… 끝없이…….

지휘가 군대를 가기 전, 그러니까 우리가 2학년이었던 여름에 지휘와 나는 색다른 주제로 책을 읽었던 기억이 있다. 모두가 마지막 하나 남은 시험을 위해 핏대를 올리고 있는 도서관에서 뒷심이 약한 지휘와 나는 하루 내에 결판이 나버릴 시험보다는 90일에 가까운 방학을 설계하느라 여념이 없었다.

나는 여행지를 찾기 위해 세계 지도를 살피고 있었고… 지휘는 우리가 방학 동안 읽을 책의 주제를 찾기 위해 영어 사전을 뒤적이고 있었다.

"지휘야, 너 유럽 가기에는 모은 돈이 부족하지?"

"글쎄, 보름 정도는 괜찮을 것 같은데?"

"미국은 어때?"

"나는 이번 여름에 아시아 쪽으로 방향을 정하고 싶어. 가깝다는 이유로 매번 제외시켰었잖아."

"그래?"

"소영아! 'bereavement' 어때?"

"비리브먼트… 사별?"

"응. 사별에 관한 책을 누가 더 많이 찾아내나 하는 거야."

"지난 학기에는 내가 이겼어. 그지?"

"넌 찾기만 하고 읽지를 않았으니 엄밀히 말하면 내가 이긴 거지."

"칫, 좋아. bereavement."

지휘는 만족해하며 붉은 싸인펜으로 크게 동그라미를 그렸고, 그런 지휘를 보며 나는 왜 지휘는 어둡고 우울한 단어에 매력을 느끼는지 의아해했다.

"지휘야! 베트남 어때?"

"출출한데 쌀국수 먹으러 갈까?"

"좋아, 그럼 베트남으로 하자!!"

지휘의 반응에 나도 만족해하며 세계 지도 위에 동그라미를 그렸다.

"그럼 3시간 후에 여기서 다시 만나자."

"벌써 가?"

"시험 보기 좋은 자리라도 맡아놔야지."

"그래, 그럼 씨유어갠하자."

하지만 나는 바로 강의실로 가지 않았다. 지휘보다 먼저 책을 확보하기 위해 열람실에 들러 책을 골라내는 작업을 시작했던 것이다. 컴퓨터와 친하지 않은 지휘는 분명 닥치는 대로 책을 살필 게 뻔하니 이번에도 승리는 나의 것이었지만 언제나 게임이 시작되기에 앞서 승부를 단정 짓는 것은 금물이었다.

나는 미리 인터넷 검색으로 죽음에 관한 책들을 찾아보았고 그 책들을 하나하나 살펴보며 죽음으로 인해 헤어진 사람들에 관한 소설과 에세이를 끌어 모았다. 그랬더니 예상했던 것보다 훨씬 많은 책들이 내 품에 안기게 되었다.

"하지만 대여할 수 있는 책은 세 권인데… 지휘가 그사이 이것들을 찾아내면 안 되는데……."

나는 한참 동안 머리를 굴리다 여기저기에 책을 숨기기에 이르렀다. 뒤집어 꽂기도 하고 작은 사이즈의 책들은 큰 책들 사이에 끼워 넣기도 하며 나의 기지에 스스로 감탄하였다.

하지만 방학이 시작되고 얼마 후, 빌려보았던 세 권의 책을 반납하기 위해 학교에 가보니 내가 숨겨놓았던 책들이 모두 자취를 감추는 기묘한 사건이 벌어졌었다. 숨겨놓았던 바로 그 자리에 존재하지 않았던 것은 물론이고 원래 있어야 할 자리에도 책은 꽂혀 있지 않았으며 그렇다고 대여 중인 목록에 포함되어 있지도 않았다. 별수없이 나는 아무것도 할 수 없는 패배자로서 기나긴 시간을 보내게 되었고, 방학이 끝나자마자 내 앞에 도서 목록을 내놓았던 의기양양한 지휘를 볼 수가 있었다

"에게, 고작 세 권이야?"

"뭐야? 이렇게나 많이?"

"너무 시시하게 승부가 나네."

"죽음의 유형별로 분류를 하고 남겨진 사람들에 관한 얘기를 정리했잖아."

"어때? 대단하지?"

"아저씨 아줌마가 너의 이름을 지휘라고 지은 것은 미스테이크 였어."

"지휘자는 어디서나 필요한 법이니까……."

"이러다 죽음의 박사가 되겠는걸? 근데 말야, 이 책 어디서 다 구했어?"

지휘가 읽은 책들의 제목이 눈에 익었던 것이다.

"어? 왜?"

"내가 학교 도서관에서 찜해놓았는데 한꺼번에 사라진 책들이 있거든! 너무 똑같아서 말야."

"그럴 리가……."

"아냐아냐, 좀 이상해."

"우하하하!"

웃음을 참지 못하는 지휘를 보니 나는 분한 마음을 자제할 수 가 없었다.

"반칙이야, 이건!!"

"먼저 반칙을 한 게 누군데?"

쿠션을 집어 들어서 마구 폭력을 가하는 나의 손목을 잡으며 지휘는 말했었다.

"태어나는 건 네가 먼저였으니까 죽는 건 내가 먼저 할게. 이 책들 전부 읽어보니 남겨진 사람들이 너무 불쌍해!"

오 호라~
이런 행운이…
이 소룡, 고맙다!

2ᶠ

렌트 할 수
있는 서 권 변 냥

이상 지휘가 책을 확보하던 날이었습니다.
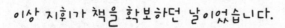

카페 안의 손님들이 세 차례 정도 물갈이가 되고 반복되어 돌아가는 CD에서 네 번씩이나 같은 노래가 흘러나올 때 비로소 나는 바깥으로 나올 수가 있었다.

비라도 한바탕 쏟아질 모양인지 하늘은 보랏빛으로 잔뜩 멍이들어 있었고 사람들은 늘 그렇듯 모두 다른 이유로 고민을 하고모두 다른 이유로 웃음을 나누고 또, 모두 다른 이유로 싸움을 하며 총총히 내 앞에서 멀어져 가고 있었다.

이 많은 사람들이 머리를 맞대고 나와 지휘에 대해 이야기해볼 수는 없을까? 절대로 가능하지 않은 상상에 목을 메고 싶을 정도로 잔인한 여름이었다.

그 후 일주일

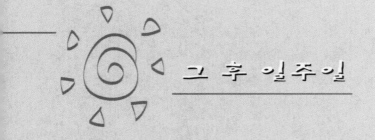

그 후 일주일

그 후 일주일

유치원 수업은 아주 간단한 방식으로 진행되었다.

"여러분~ 이건 뭘까요?"

그림책을 보여주면 꽃밭의 악마들은 내 말이 떨어지기 무섭게 메아리쳤다.

"애뿔~ 이여."

그럼 내가,

"네에~ 아주 잘했어요. 자아, 그럼 이건 뭘까요?"

그렇게 또 물어보면 되는 것이다. 만약 한 아이가 먼저, '바내

너~' 하면 교실은 난장판이 되는데, 이때 아이들이 서로 다투고 제각각 다른 발음으로 떠들어대기 전에 내가 먼저,

"으응~ 자, 따라해 보세요. 버내너~"

그러면 먼저 튀어나왔던 아이는 다시 혼자 앞서지 않고, 다른 아이들은 보다 잘할 수 있다는 듯 정성껏 내 발음을 따라했다. 그 나이에는 단지 사과를 보면 애플이라고 바나나를 보면 버내너라고 대답하면 되는 것이다. 그림이 그렇게 생겼으니까. 마치 내가 얼마 전까지 섹스라는 것을 그 겉모습만 보고 S.E.X.라고 불렀던 것처럼 말이다.

그렇게 오전 수업이 한 시간 정도 진행되면 아이들에게 간식을 나누어 주고 나도 30분 정도의 휴식 시간을 보냈다. 그리고 나는 지난 일주일 내내 똑같은 30분을 보내고 있었다. 첫눈에 반한 미끄럼틀 아래 쭈그리고 앉아서 핸드폰을 열었다 닫았다 하는 것이다. 어떤 날은 지휘의 단축 번호인 2번을 꾹 누르기도 했는데 신호음이 떨어지기도 전에 핸드폰을 닫아버리기 일쑤였다.

'이 일을 어떡하지?'

"이 선생, 여기서 또 뭘 하고 계신가요?"

술래잡기라도 하는 재미에 빠져 버렸는지 매번 나를 찾아내는 원장 선생님이었다.

"에… 그냥 생각 좀 할 게 있어서요."

"첫경험이 어떠셨나요? 당황스러워서 아무것도 모르겠지요?"

"네? 어떻게 아셨어요, 원장 선생님?"

"모두 그렇기 마련이거든요."

"아~ 그런데 문제는……."

"문제가 뭐지요? 원장이라 생각하지 말고 먼저 경험한 사람이라 생각하세요. 그리고 편하게 말씀해 보세요."

"눈을 마주치지 못하겠어요."

"아아, 그건 아직 숙달이 되지 않아서 그런 거예요."

"숙… 달… 이라구요?"

나는 섹스와 숙달이라는 글자의 조합을 떠올려 보았다. 언뜻 지나가는 느낌에도 참 어울리지 않았다.

"예, 하지만 조금 시간이 지나면 아이들에게 똑같이 시선을 나누어주실 수 있게 될 겁니다. 저도 처음에는 나를 뚫어지게 바라보는 60명의 아이들이 너무 끔직해서 눈을 마주치지 못했어요."

'이 아줌마가 대체 무슨 말을 하는 거야?'

"아아~ 제가 유치원에서 첫경험을 했던 시절만 해도 한 클래스에 아이들이 60명씩은 되었답니다. 유치원이 많지가 않았으니까요."

"그렇군요. 첫경험이라는 말이 그렇게도 쓰이는군요. 어! 벌써 시간이 이렇게 됐나. 그럼 전 이만. 애들한테 시간을 오래 주면 꼭 사고가 나더라구요."

"역시 이 선생은 적응이 빠르시군요. 맞아요, 아이들한테는 시간을 많이 주면 꼭! 사고가 발생한답니다. 참! 그리고 이 선생!"

"네?"

"다음 주부터 아이들 영어 연극 지도가 필요할 거예요."

"영어 연극이요?"

"한 학기 동안 배운 영어를 부모님들께 보여주는 자리지요. 물론 다양한 방법을 통해서 영어를 익히는 좋은 학습이 되기도 하구요."

"아, 그렇군요. 준비하겠습니다."

"오늘이 6월 7일이니까 적어도 10일에는 대본이 나와야 합니다!"

6월 7일. 그럼 벌써 지휘에게 연락이 없은 지 일주일이 지났다는 말이었다.

'대체 지휘는 뭘 하고 있는 걸까.'

유치원 수업이 끝나고 종일반 아이들을 김 선생 반으로 넘긴 뒤, 나는 기말고사 대신 제출해야 하는 리포트를 들고 학교로 향했다.

'잘하면 지휘를 만날 수도 있겠다. 일단 얼굴을 보면 무언가 달라질지도 몰라. 그런데 정말 지휘를 만나면 어떡하지?'

나는 지휘를 찾아내기라도 하려는 듯 샅샅이 주변을 살피다가도 행여 지휘가 나를 발견할까 몸 동작을 가능한 작게 그리며 종종걸음으로 조교실까지 이동했다. 그리고 안도의 한숨을 쉬며 조교실 문을 여는데…….

"누나, 리포트 두 개 내면 출석률 부족한 거 메워지나요?"

지휘의 목소리가 들려왔다. 나는 반사적으로 문을 쾅 닫아버렸다.

"누구야!"

안에서 조교 언니의 괴성이 들려왔다. 하지만 나는 두 발이 땅에 달라붙어서 꼼짝할 수가 없었다.

'어쩌지? 지휘도 나를 봤을까?'

오도 가도 못하는 상황에서 생전 처음 지휘가 나를 보았을까 보지 못했을까라는 어이없는 문제로 심각하게 고민하고 있을 때, 안에서 지휘가 문을 열어 빠끔히 고개를 밖으로 내밀었다. 그리고는 분명 나와 눈이 마주쳤는데도 마치 아무것도 보지 못한 사람처럼 재빨리 안으로 들어가 버렸다.

"누나, 아무도 없어요. 바람인가 봐요."

'뭐? 바람이라고? 나는 날이면 날마다 '우리' 에 대해 고민하며 식음을 전폐했는데, 고작 조교실에 와서 학점 고민이나 하고 있었으면서 날 보고 바람이라고?

지휘에게 배신감마저 밀려오고 있었다. 그 바람에 리포트를 내

는 것도 포기하고 가능한 지휘와 멀리… 씁쓸한 발걸음을 옮겨보
았지만 아무리 생각해도 그냥 물러설 수 있는 일이 아니라는 생
각이 들었다.

[왜 나를 바람 취급해?]
[니가 숨었잖아.]
[그래도 너는 나를 봤잖아.]
[그렇게 피해 다니려고 나랑 잔 거니?]
[너도 날 피했어.]
[내가 언제?]
[그럼 스크린 영어 수업 들어갔어?]
[너 때문이 아니야.]
[그럼 왜 먼저 전화하지 않았어?]
[메일 보냈잖아. 나도 힘들어.]

무엇이 지휘를 힘들게 한다는 것일까… 우정으로 일구어낸 섹
스라? 딱지를 떼고 난 허탈감에?
나는 지휘가 되어 생각해 보고 싶었지만 지휘의 키다리 메일을
읽기 전까지 나는 그 모든 사실을 감히 상상도 할 수가 없었다.

수신자 : 이소룡

어제 보낸 너와의 시간이 훗날 우리에게 추억이 될지 후회
가 될지 아직 잘 모르겠어.

하지만 분명한 것은 나는 너로 인해 즐거웠다는 거야.

그리고 부디 너도 나로 인해 즐거웠기를 바라.

아침에 함께 잠을 이루지 못하고 서둘러 나가는 너를 보며
걱정했던 것들이 현실로 나타나지 않았음 좋겠어.

넌 크게 고민하지 않았다 해도 좋아.

단지 호기심이었다 말해도 좋아.

하지만 아파하지는 말아줘.

그 아픔으로 나를 멀리하거나 외면하지는 말아줘.

그럼 내가 너무 미안해질 거야.

너와 나의 섹스를 통해 정말로 소원을 이룬 건 나뿐이라는
엔딩은 내가 절대 원하는 게 아니니까 말야.

요즘 너는 사랑이 무엇일까 열심히 그 해답을 구하고 있는
것 같아.

몇 번이나 진지하게 묻기도 했지.

도대체 사랑은 무엇이냐고…

그때마다 내가 대답을 하지 못했던 것은 아직 용기가 나지

않았기 때문이었어.

소영아, 나는 그렇게 생각해.

사랑은… 가려운 곳을 긁어주는 것이라고.

그리고 너는 언제나 나의 가려운 곳을 긁어주었어.

하나뿐인 친구가 되어주고 든든한 누나가 되어주고 철없는 동생이 되어주고…

그것도 부족해서 넌 나에게 사랑이 되어주었어.

언제나 그렇게 나의 가려운 곳을 긁어서 나의 부족함을 채워주었어.

사랑하는 사람과 첫경험을 하겠다는 나의 굳은 결심을 이룰 수 있게 해줘서 고마워.

그리고 무작정 덤벼드는 너에게 성급히 내 소망을 던져 버릴 수 없었던 나를 이해해 줘.

나는 지휘에게 답장을 보낼 수 없었다. 지휘가 나를 사랑한다는 말은 엄마 뱃속으로 다시 들어가 보면 그 의미를 알 수 있을 것처럼 쉽게 와 닿지를 않았다. 그리고 또 한 번 아무것도 모르고 있었던 내가 마치 그동안 지휘에게 커다란 잘못을 짓고 있었던 것처럼 느껴졌다. 그래서 나는 그 후로도 닷새 동안 지휘를 바람 같은 존재로 만들어 버렸다. 그리고 지휘를 다시 만난 것은 지민이가 일본으로 떠나기 전날 밤이었다. 그날 지휘는 며칠을 고열에 시달린 사람처럼 핼쑥한 얼굴로 모습을 드러냈다.

"아쉬워서 어쩌지? 오랜만에 왔는데 많은 시간을 함께하지도 못했어."

"멀지도 않은 거린데 또 올 거지, 형?"

"쉽지는 않더라구. 어려운 것도 아니지만."

나는 누구의 입에서 어떤 종류의 말들이 나오든 그 내용과 상관없이 지휘의 눈치를 살폈다.

"소영아, 그때 병원에서 있었던 일은 미안하다. 우리는 그러면 안 되는 사인데."

"무슨 일이 있었는데? 나는 잘 모르겠는걸."

"역시 여자들은 귀여워. 참! 소영아, 네가 질문했었지?"

"어?"

"사랑은 정복이야. 상대의 마음을 정복하는 게 사랑이야. 나도 모르고 있었는데… 그날 느꼈어."

지민이의 그날이라는 말에 당황한 것은 아닌데 나는 또 지휘의 눈치를 보다가 그만 포크에 휘감았던 스파게티를 지휘의 옷으로 날려 버리는 실수를 저지르고 말았다. 지휘가 아끼는 화이트 셔츠에……

"미안해, 지휘야. 정말 미안해. 내가 잘못했어."

"됐어. 괜찮아."

"아니야, 나는 눈치가 없고, 내면이 깊지도 않아, 정말 소중한 것이 무엇인지도 모르고, 알고 보니 용기도 없어. 그래서 내가 오히려 너를 바람 취급했어. 아무 생각 없이 덤벼들었던 나보다는 많은 가능성… 감정들… 그리고 지난 시간들을 염두에 두었던 니가 훨씬 멋지게 첫경험을 이루어낸 것이라고 생각해. 처음이야 어떤 생각이었든 나는 그런 너의 멋진 상대가 되어 정말 기뻐. 그러니 부디 후회라는 말로 우리의 경험을 처형시키지 말아주었음 좋겠어."

심각한 기운을 눈치 챘는지 지민이는 나와 지휘를 살피며 말했다.

"무슨 일이 있었는지는 모르겠지만 내가 자리를 피해주어야 할 것 같네?"

"아냐, 오빠. 나 그만 일어날 거야."

"같이 가자. 하고 싶은 말도 있어."

어두운 골목길에서 지휘가 하고 싶다던 이야기를 듣고 난 후, 열흘이라는 시간이 무심할 정도로 지루하게 흘러갔다. 그리고 드디어 아이들의 영어 연극 연습이 시작되었다.

아이들이 재미있게 영어와 친해질 수 있도록, 그리고 창의적으로 영어를 접할 수 있도록 하기 위해서라고 원장 선생님은 설명했지만, 여름 휴가를 보내기 전에 부모님들을 불러놓고 한 학기 동안 이만큼 배웠습니다라고 보여주어 무리없이 2학기 등록을 유도하기 위해서라고 나는 생각했다. 교사들이 부담스러워하고 있는 모습만 보아도 쉽게 알 수 있는 사실이었다.

하지만 나는 별로 부담이 되지 않았다. 내가 직접 우리 반 아이들이 연극할 대본을 써주었고, 이미 원장 선생님에게 아이들의 창의력이 잘 표현되겠다는 칭찬을 들은 상태였다.

그리고 나는 내친김에 무대 장식과 의상도 직접 그리고 만들기 시작했다. 현실적인 일들 때문에 어깨가 좁아지고 머리가 복잡해지는 상황이었지만 내 안에서 새로운 것을 끄집어낼 수 있는 창작 행위는 나에게 기쁨을 선사해 주고 있었던 것 같았다. 비록 그것이 5살 아이들의 눈높이에 맞는 유치원 작품이라고 해도 나는 생전 처음 느껴보는 책임감과 뿌듯함으로 열심히 별님을 그리고 달님을 그리고 그들의 우정을 이야기로 만들어 나갔다.

이제는 제법 대사뿐 아니라 발음에도 신경을 쓰는 아이들의 연습하는 모습을 가만히 지켜보며 지휘와 나의 우정을 생각해 보려 했지만 시작도 끝도 보이지 않는 우주처럼 느껴질 뿐이었다.

251

오늘은 지휘네 식구와 저녁 식사 약속이 있는 날이다. 우리 두
가족은 한 달에 한 번씩 함께 외식을 했다. 이웃에 살고 있으니 함
께 식사를 할 기회는 많지만 일상에서 외출을 하듯 설레며 나와
야 한다고 엄마가 주장을 했던 것이다. 하지만 오늘은 한 달에 한
번 있는 '화려한 외출'의 날은 아니었다. 지휘 어머니께서 나의
첫 출근을 축하해 주신다며 마련한 자리였다.

저녁 식사 자리에 지휘는 나오지 않았다. 갑자기 쏟아지는 장대비를 흠뻑 맞고 돌아와서는 바로 열이 온몸에 퍼지는 바람에 침대 신세를 지고 있다는 것이다. 그러고 보니 밖에는 또 한 차례 비가 내리고 있었다. 탁탁탁 소리를 내며 경쾌하고 짧게 끊어지는 종류의 비였지만 지휘와 나 사이에 생긴 신체적 거리와 정신적 거리를 내리고 있는 빗줄기가 더욱 멀어지게 만들고 있는 것 같아서 나는 장마가 지긋지긋해지고 말았다.

"어머, 그럼 전화해서 취소하지 그랬어?"

엄마는 진심으로 걱정하는 마음에서 진지하게 말했다.

"응급 조치해 주고 나왔어. 괜찮을 거야."

"여름 끝 무렵에는 꼭 이렇게 한 번씩 아프고 넘어가니 큰일이야."

"저녁 먹고 소영이가 잠깐 들러주면 말끔히 나을 거야."

"네."

식사가 끝나갈 무렵 아줌마가 내게 건네주신 선물 상자에는 30개 정도의 머리핀이 들어 있었다. 색깔은 조금씩 달랐지만, 모양은 거의 비슷비슷했고… 아줌마의 취향이라고는 믿어지지 않을 만큼 약간씩 유치했다.

"이렇게나 많이요?"

"어머나~ 너무 예쁘긴 한데… 좀 많다! 엄마랑 나눠야겠는걸.

내 취향은 아니지만… 훗훗."

"지휘가 생각해 낸 거야."

"지휘는 아직도 우리 소영이를 유치원생으로 아는 모양이야."

"유치원?"

나는 지휘의 뜻을 알겠다는 듯 아줌마를 쳐다보았다. 아줌마는 고개를 끄덕거려 주셨다. 지휘가 세상에서 가장 편한 잠을 자고 나서 느릿느릿 기지개를 켜며 지금 내 앞에 모든 것들을 다 받아 주겠노라고 웃어 보이듯 지휘와 비슷한 모양의 흐뭇한 웃음도 보여주셨다. 그제야 엄마도 지휘의 자상한 뜻을 깨달은 듯 머리핀을 사랑스럽게 바라보며 말했다.

"우리 지휘는 정말 멋진 남자야. 내가 그렇게 연애를 많이 해봤어도 지휘같이 멋진 청년은 처음이라니까."

"엄마! 남자는 아빠뿐이었다며?"

"사랑은 아빠뿐이었다고 했겠지."

아줌마와 엄마는 암호 문자를 해독한 듯 은밀하게 미소를 나누었다.

오늘의 저녁 식사도 여느 때와 마찬가지로 지휘네 주방까지 이어졌다. 두 가족이 품위있게 식사를 마치고 나면 지휘의 어머니가 외출 전에 미리 준비해 두었던 과일과 아이스크림 등을 함께

255

즐기기 위해 언제나 지휘네로 모였다. 오늘은 여자들만의 모임이 되어버린 셈이어서 자연스럽게 모두 부엌으로 달려갔지만, 항상 그랬다. 아버지들은 거실에서 골프 채널을 보시면서,

"아, 왜 나는 저게 안 되지?"

"나이스 샷!"

그리고 주방에서는 여자들만의 수다가 시작되었다.

어제 산 애나멜 구두에 벌써 흠집이 났다는 둥, 잘 나가는 모델이 사용한다는 화장품을 사야겠다는 둥, 그럴 때 가장 신이 나는 사람은 당연 우리 엄마였다. 그리고 가장 곤란하게 행동하는 사람은 지휘였다. 거실에서 아빠들과 골프를 보자니 따분하고 주방에서 여자들만의 수다에 끼자니 쑥스러운 것이었다. 하지만 주방과 거실을 오고 가며 이것저것 한마디씩 도와주는 지휘의 역할은 언제나 우리를 즐겁게 해주곤 했었다.

그랬던 지휘가 지금은 고열에 시달리다 잠이 들어버렸다. 영영 깨어나지 않을 것처럼 말이다. 아줌마는 내게 체온계와 물수건, 그리고 알약을 챙겨주셨다.

"다 컸다고 엄마가 옆에 있는 건 불편한가 봐. 소영이가 지휘를 좀 혼내줄래? 그만 좀 아파하라고."

나는 무겁게 쟁반을 받아 들었다. 마음은 더 무거웠다.

"일방적으로 사랑을 말해서 미안해."

"어떻게 그런 말을 해?"

"우리는 선택의 여지가 없이 친구가 된 거잖아? 이제 한번 선택을 해보면 어떨까?"

"당분간 보지 말자는 얘기야?"

"아니, 보고 안 보고의 문제가 아니야."

"선택은 너만 하면 되는 거야. 너는 내게 하늘이 대신 선택해준 사람이니까……."

지민이가 떠나던 날 지휘가 내게 했던 말들을 떠올리며 지휘의 방문을 조심스레 열어보았다.

지휘는 조용히 잠들어 있었다. 온몸의 땀들과 열들이 빠져나간 얼굴은 막 세상에 나온 사람처럼 투명했다. 차가운 물수건을 이마에 얹어놓으니 꿈틀하고 미간을 찌푸렸지만 잠에서 깨어 나오지는 않았다. 나는 물수건으로 지휘의 얼굴을 닦아주었다. 그리고 손을 닦아주었다. 손가락 하나하나 정성껏 닦아주었다. 그리고 발을 닦아주었다. 발가락 하나하나 정성껏…….

"지휘야, 많이 아팠니? 그럼 이제 다시는 아파하지 마. 그리고 어서 나를 선택해. 그게 우리의 운명이니까. 운명 앞에서는 아파하는 게 아니니까……."

나는 지휘의 엄지손가락에 입을 맞추었다.

지휘의 선물은 예상대로 적중했다. 취침 시간 여자 아이들의
머리에 하나씩 머리핀을 꽂아주면서 나는 처음으로 악마들의 천
사 같은 얼굴을 볼 수 있었다.

'잠든 모습들은 이렇게나 예쁘구나.'

잠에서 깨어난 아이들이 내 머리에 꽂힌 똑같은 모양의 핀과
제 모습을, 또 친구들의 모습을 보며 요란스럽게 좋아했다. 아이
들의 모습을 보면서 나는 지휘가 더욱 그리워졌다.

나는 학부형들에게 보내는 초대장에 지휘의 집 주소를 하나 끼
워 넣었다. 별님, 달님이 되어 능숙하게 영어 발음으로 연극을 하
는 아이들이 제 모습을 부모님께 보여주고 싶어 안달이 난 것처
럼, 나는 내가 직접 각본, 연출, 무대 장식까지 소화한 불후의 명
작을 세상 누구보다 지휘에게 보여주고 싶었기 때문이다.

공연 날, 비가 추적추적 내렸다. 나의 초대장을 보았든 보지 않
았든 지휘는 오지 않을 것이라는 사실이 자명해진 것이다.

대기실에서 아이들의 별님 왕관을 씌어주고 있는데 시내에게
전화가 왔다.

"바빠 죽겠는데, 왜?"

258

"니가 준 티켓으로 어제 콘서트에 갔다 왔거든!"

어젯밤 아이들의 공연을 위해 무대를 장식하느라 나는 삼수밴드의 첫 콘서트에 가지 못했다. 사실은 지휘와 함께 오라는 헌수 오빠의 말이 가슴에 남았기 때문이다. 지휘와 함께했던 것들을 함께할 수 없는 '현재'가 너무 싫었고, 그런 것들을 인정하기는 더욱 싫었다. 지휘 없이는 할 수 없는 것들이 너무 많았다.

"그래, 재미있었어?"

"짱이었어."

"그래서 고맙다고 전화한 거라면 나중에 밥 쏘는 걸로 하고 전화 끊어! 10분 뒤에 아이들 데리고 무대 인사해야 해!"

"고맙다는 인사는 아니구 태수 오빠가 안부 전화해 보자고 해서 말야!"

"태수 오빠? 니가 태수 오빠를 어떻게 아는데?"

"지금 내 옆에 있는 남자가 정태수거든."

"뭐어?"

아무튼 시내는 대단했다. 그 정신없는 하드락 공연장에서 또 다른 이상형을 찾아내다니.

"그래, 지금 어딘데?"

"후후, 우리 지금 춘천의 어느 모텔 방에 있어."

"뭐어?"

"그렇게 됐어."

"나 원 참, 어이가 없네."

"사랑은 늘 새로운 거야. 그리고 시작하는 사랑만큼 새로운 건 없잖아. 크크, 그럼 공연 잘하고 서울에서 보자!"

어젯밤에는 공연 뒤풀이로 밤새 술을 마셨을 텐데, 어느새 두 사람은 춘천에 가 있단 말인가? 그리고 두 사람이 만난 지는 24시간도 채 되지 않았을 텐데, 어느새 같은 침대 속에 있단 말인가? 나는 행여 지휘와 내가 너무 작은 이유로 상황을 심각하게 만들어 놓고 끙끙 앓고 있는 것은 아닐까 하는 생각이 들었다.

아이들을 무대 위로 올리고 나는 흐뭇하게 교사 자리에 앉았다. 외로운 달님에게 별님이 나타나 두 사람의 즐거운 밤들이 흘러가고… 매일 똑같이 몸을 반짝이는 별님이 어느새 지겨워져서 달님이 고함을 지르는 부분까지 아이들은 작은 실수도 없이 잘 이끌어 주었다. 나는 대본을 보며 앞으로 진행될 이야기들을 짚어 보았다.

별님은 눈물을 흘리며 의기소침해져서 떠나게 된다. 달님이 있는 밤을 떠나 새로운 친구를 만드는 과정에서 별님은 풀잎을 만나기도 하고 바람을 만나기도 한다. 자신의 존재를 중요하게 느끼지 못하고 화를 내었던 달님을 원망하면서 말이다. 그러나 어느 곳에 가서 누구를 만나도 맨 처음 자신의 재주를 보고 행복해했던 달님의 미소를 볼 수 없었다.

너는 그것밖에
할 줄 모르니?

한편 달님은 별님의 존재가 시시해져서 떠나보냈지만 막상 다시 밤하늘에 혼자 남으니 다시 쓸쓸해지기 시작했다. 새들도 구름들도 밤에는 모두 잠을 자야 하기 때문에 아무도 달님과는 놀아줄 수가 없었던 것이다. 그러자 달님은 별님이 간절히 그리워지기 시작한다. 그 쓸쓸함과 그리움은 별님을 알기 전과는 비교할 수도 없이 지독해서 달님은 점점 야위어져 갔다.

무대 위에서 달님을 그리워하며 천연덕스럽게 울고 있던 별님 여자 아이가 갑자기 무대 밖을 가리키며 웃기 시작했다.

"야아! 우비 소년이닷!"

무대 뒤에 있던 아이들과 무대 장식을 들고 있던 아이들이 모두 와르르 쏟아져 나와서는,

"어디어디?"

"야아~ 정말 우비 소년이다!"

아이들이 무대를 난장판을 만들 때 한 아이가,

"댓이즈어레이닝보이!"

이제 관중석까지 모두 웃음바다가 되어버렸다. 나는 당황해하며 아이들이 가리키는 우비 소년에게 시선을 던졌다. 우비 소년은 어쩔 줄 몰라 하며 미안한 얼굴로 자리를 피하고 있었다.

"지휘다!"

지휘였다. 나는 반가움에 아이들을 어찌할 생각도 하지 못한 채 교실에서 빠져나가고 있는 지휘의 뒤를 따라나갔다. 지휘는 큼직한 노랑색 우의를 두 개나 겹쳐 입고는 엉거주춤 있었다.

"지휘야!"

"긴긴 잠에 빠져 있는 나에게 공주가 나타나서 손가락 뽀뽀를 해주었어. 그래서 나는 알게 되었어. 운명은 선택보다 강하다는 것을……."

유치원 재롱 잔치 때 새로 산 화장대의 배달이 늦어지는 바람에 공연이 시작되어도 보이지 않던 엄마가 화장대를 포기하고 뒤늦게 나타나 소리를 지르며 박수를 쳐주었던 그때보다 훨씬 늦게 등장한 23살의 지휘가 나를 더 많이 기쁘게 만들었다.

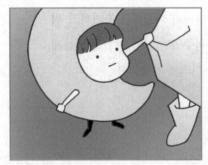

Sexy Comedy

장마의 끝

epilogue

"지휘야, 크리스마스에는 진짜 산타가 세상에 왔으면 좋겠어."

"너, 선물 받고 싶구나?"

"들어봐. 산타는 말야, 마법사 할아버지든 하나님이든 부처님이든 아니면 선물하기 좋아하는 억만장자든 상관이 없어."

"그래서? 아니, 그리고?"

"산타가 크리스마스, 그날 하루는 세상의 모든 아이들에게 선물을 나누어 주는 거야."

"하나도 빠짐없이?"

"응, 하나도 빠짐없이……."

"멋진데?"

"하지만 하나부터 열까지 다른 상황 속에서 살고 있는 아이들에게 같은 크기로 즐거워할 수 있는 선물을 하기 위해서는 마법이 필요할 거야. 아이들의 세상과 마음을 전부 알아야 하잖아."

"그렇지. 입장에 따라 즐거움은 다른 거니까."

"그럼 아무래도 산타는 초자연적인 힘을 가진 존재여야겠다. 산타의 자격에서 억만장자는 빼기로 하자."

"그래, 그게 좋겠어. 어차피 그 많은 선물을 하루에 나누어 주려면 인간의 힘으로는 어림도 없을 테니 말이야."

"그런데 아이라는 기준은 어떻게 정하지?"

"나이?"

"나라마다 나이의 역할은 다～ 다르잖아."

"키는 어때?"

"그러면 너도 아이잖아?"

"너～ 어～"

"요즘 초등학생들은 정말 너만해. 그니까 신체적 크기는 의미가 없어."

"그럼 이거 어때?"

"뭔데?"

"섹스를 해보지 않은 사람은 전부 아이라고 하는 거야!"

"그런 발칙한 기준을 정하면서까지 선물을 받고 싶니?"

"이러면 되잖아. 딱 한 번만 선물을 받을 수 있도록 첫경험을 선물로 받으면 되잖아."

"산타가 선물해 준 첫경험이라… 푸하하하, 재미있긴 하다."

그날의 비는 이번 여름의 마지막 비였다. 예고도 없이 불쑥불쑥 나타나 나의 지휘를 당혹스럽게 했던 장마가 물러나자 날은 점점 더워졌고, 우비까지 입고 외출을 했던 지휘는 또 감기에 걸렸다. 언젠가 지휘와 나누었던 대화를 생각하면서 지휘의 방으로 올라갔다. 이제 그런 발칙한 기준에서도 우리는 아이가 될 수 없었지만 올 겨울 산타가 지휘에게 다시는 감기에 걸리지 않는 주사를 선물해 주었으면 좋겠다. 내가 이런 소원을 비는 줄 알면 주사를 세상에서 가장 무서워하는 지휘는 엄살을 피우며 나를 원망하겠지만 말이다.

지휘의 방문을 열고 빠끔히 안을 들여다보니 지휘는 잠의 세상 속에 푹 빠져 있었다. 살짝 열어둔 창문으로 바람이 살금살금 들어오니 커튼이 하늘하늘 날리고 방에 있는 책들과 옷들과 지휘의 모자들이 부르르 몸을 떨었다. 나는 지휘의 기척을 살피며 아이스박스를 들고 조심조심 안으로 들어갔다. 그리고 꿈속에서 절대 빠져나오고 싶어하지 않는 지휘의 얼굴을 보며 조심스레 바지를

벗기기 시작했다. 그러자 지휘는,

"뭐야? 누구야?"

"쉿! 나야, 이소영!"

"왜 그래?"

"날 믿고 바지 좀 벗어봐."

"남자라고 아무 때나 되는 게 아냐. 난 환자라구……."

나는 억척스럽게 지휘의 바지를 벗겼다. 지휘의 다리는 인어공주의 지느러미처럼 쭉 뻗어 있었다.

"열을 먼저 내려야 할 거 아냐! 자, 어서 셔츠도 벗어. 얼른~"

지휘는 입가에 번지는 미소를 참으며 나를 멀뚱히 바라보았다.

"것도 나보고 벗겨달라고?"

"응, 니가 벗겨줘."

"자~ 만세~ 해봐."

지휘는 두 손을 높이 쳐들었다.

"만~ 세~"

나는 지휘의 셔츠에서 오른쪽 팔을 끄집어내고 왼쪽 팔을 끄집어내었다. 지휘의 머리에서 바람을 타고 날아오는 사과 향의 샴푸 냄새가 달콤하게 느껴져 머리에 키스를 해주고 싶었지만, 지휘는 환자니까… 꾹~ 참았다. 팬티 차림이 되어버린 지휘를 똑바로 눕히고 아이스박스에서 얼음을 꺼내 지휘의 몸을 문질러 주었다.

"앗! 차가……."

"어서 열이 내려야… 함께하는 마지막 방학을 즐기지."

지휘는 말없이 눈을 감았다. 지휘의 긴 속눈썹이 바람에 나풀거리는 듯했다.

"이제 슬슬 시원해지려고 하는데 왜 계속 안 해?"

지휘의 감긴 눈과 높은 코… 도톰한 입술을 바라보고 있던 나는 지휘의 핀잔에 장난기가 발동하고 말았다. 단단히 얼어붙은 큼직한 얼음을 꺼내 녹아내리는 물방울이 똑똑 지휘의 배꼽으로 떨어지게 하고는 지휘의 팬티 속으로 깊숙이 밀어 넣었다.

"앗! 차가~"

지휘는 엄살을 피우며 자리에서 벌떡 일어났다.

"이것도 차갑게 해줘야 건강해진대."

"이게 진짜~"

지휘는 나를 침대에 넘어뜨리고는 복수의 칼날을 번뜩이며 배위에 올라앉았다. 저항하는 나를 꼼짝없이 붙잡아두고는 얼음을 꺼내 내 옷 속으로 마구마구 집어넣는 것이었다. 뜨겁게 일렁이는 태양 빛에 얼굴을 돌리며 냉온을 참아보려 했지만 너무 차가운 나머지 눈물까지 찔끔 나왔다.

"됐어, 충분히 당했어. 얼른 내려와."

"됐어? 완전히 당했어?"

273

"응. 어서 내려와, 너는 환자잖아."

슬그머니 배 위에서 내려오는 지휘를 뒤집어엎으며 말했다.

"이렇게까지 하고 싶지는 않았지만……."

"저리 비켜. 뭘 또 하려고 그래?"

"극약 처방을 해야겠어. 아직도 몸이 팔팔 끓잖아."

"극약 처방?"

"잔말 말고 팬티 내려봐."

"주사 싫어."

"주사 아냐. 약을 좀 써보려고 그래."

지휘는 팬티를 움켜쥐며 벌떡 자리에서 일어났다. 그리고는 좌약을 벗겨내고 있는 나를 보고 기겁을 하더니 방을 뛰쳐나갔다. 나는 참았던 웃음을 토해냈다.

나에게 다시 돌아온 지휘는, 그리고 우리가 선택한 지휘와 나는 조금 달라져 있었다. 그렇다. 어떤 관계든지 그 사이에 무엇인가 들어오고 나면, 작은 것부터 큰 것까지 모든 것들은 달라질 수밖에 없는 것이다. 하지만 달라지는 것이 나쁜 것은 아니라는 생각이 들었다. 서로에 대한 믿음과 애정이 있다면 어떤 변화에도 관계는 변하지 않으니까 말이다. 그렇게 지휘와 나는 스물 셋의 우정을 한 단계 변화시키고 있었다.

7살에는 소꿉놀이를 했고 16살에는 함께 숙제를 했듯이, 23살이 되어 우리는 섹스를 한 것이다. 모든 것이 우리에게 예비되어 있었던 것처럼 말이다.

"박지휘~ 그 차림으로는 뛰어봐야 벼룩이라는 거 몰라? 셋을 헤아릴 동안 돌아오면 하나고 내게 잡히면 두 개 넣는다~ 하나! 둘! 셋!"

어딘가에 꼭꼭 숨어서 나의 외침에 기가 죽어 있을 지휘를 향해 나도 방을 뛰쳐나갔다.

내가 사회인이 되었기 때문에 이번 여름 방학에는 함께 긴 여행을 떠나기가 힘들어졌다. 그래서 우리는 아쉬운 대로 1박 2일의 휴가를 즐기기로 했다. 엄마는 나에게 차를 수리하기 전에 한 번 더 찌그러뜨릴 수 있는 기회를 주었고 우리 두 사람의 여행은 이번에도 아무런 제지 없이 이루어졌다. 나와 지휘가 잤다는 사실을 알면 부모님들은 어떤 반응을 보일까? 그래도 이렇게 여행을 허락해 주셨을까? 그런 생각을 해보니 기분이 좋아졌다. 나에게 섹스란 그런 것이었다. 엄마에게 말하지 못할 것이 하나 생겼다는 것, 드디어 나도 엄마에게 비밀이 생겼다는 것이었다. 그것의 사회학적 의미와 생물학적인 역할 등에 대한 고민은 다음 기회로 넘기겠다. 휴가 갈 때는 숙제를 가지고 가는 것이 아니니까……

"이번 여행은 왠지 다른 느낌이 들어."

"네가 신분이 달라져서 그런 건가? 방학은 아니니까 말야. 용돈이 아니라 가불해서 여행을 하는 것도 그렇고……."

"아니, 그런 게 아니구……."

뜨거운 도로를 달리는 자동차와 창문으로 들어오는 산들바람… 그리고 우리의 길을 함께해 주는 뭉실뭉실 구름이 나를 들뜨게 하는 것은 사실이었다. 낯선 도시를 익숙하게 해주었던 지휘지만 배낭을 메고 돌아다니던 유럽 여행과는 다른… 뭐랄까…….

"왠지 신혼여행 가는 거 같아."

"뭐? 얘가 왜 이래?"

"기분이 그렇다고……."

"너는 부끄러움이라는 단어를 모르는 것 같아"

"그러니까 나는 소영이잖아!"

"말은 안 되는데 뜻은 통한다."

우리는 마주 보고 웃었다. 너무 편안한 웃음이었다.

우리가 도착한 서해는 그동안 힘들게 참기라도 했는지 우리에게 열정적으로 파도를 몰아오고 있었다. 아직 이른 계절이라 개장도 하지 않은 해수욕장에 도착하자마자 나는 차 문을 닫는 것도 잊고 차에서 뛰어내렸으며…

"바다다! 바다다! 그리고 나는 박지휘다!"

소리를 지르며 지휘도 차에서 뛰어내렸다.

"나는 이소영이다!"

"나는 박지휘다!"

"나는 박지휘가 사랑하는 이소영이다!"

"나는 이소영을 사랑하는 박지휘다!"

우리는 서로를 보고 미소 지었다. 그리고 이번에는 함께 소리를 질렀다.

"우리는 함께다!"

깊은 바다 속, 고래가 놀라 헤엄쳐 오라고 고래고래 소리를 지르고 우리는 갯벌을 뛰어다녔다. 지휘는 내 손을 잡고 갯벌 위에서 썰매를 끌어주었고 나는 어린아이처럼 마냥 즐겁게 웃었다. 마른하늘에서 온종일 일만 했던 해님이 이제 그만 자신도 여름밤을 즐겨보겠노라며 바다 속으로 첨벙 뛰어들 때 우리도 그만 숙소로 돌아가기 위해 손을 잡고 갯벌에서 나왔다.

"조개다!"

하얀색의 조개껍질이 반짝이는 모래 속에 수줍게 파묻혀서 달빛을 받아 생글생글 웃고 있었다.

"여기도 있다."

"이쁜 것만 줍는 거야!"

지휘는 못 말린다는 눈으로 나를 보고는 하늘을 향해 두 팔을 뻗으며 거북이 걸음을 걸었다.

나는 예쁜 조개와 미운 조개, 깨진 조개까지 모두 주우며 거의 기어가듯 앉은걸음으로 지휘의 뒤를 따랐다.

"이건 뭐지?"

동네 아이들이 가지고 놀다 집으로 돌아가 모래 속에 묻혀 있는 소꿉놀이들이 여기저기 흩어져 있는 것이 눈에 들어왔다. 빨강 파랑 노랑… 알록달록 밥그릇과 국그릇, 그리고 조그마한 프라이팬을 한데 모아놓고서 나는 지휘를 불렀다.

"지휘야, 이리 와봐. 이거 가지고 놀자."

나는 그릇에 바닷물을 담아 근처에 널려 있는 미역을 몇 개 띄어놓았다. 그리고 모래를 담아 밥그릇에 꾹꾹 눌러 담고 커다란 조개 껍데기 위에 죽어 있는 새끼 게를 눕혀놓았다. 지휘는 그런 나를 어이없다는 표정으로 보았지만 이내 다가와 내 앞에 쪼그리고 마주 앉았다.

"여보, 식사하세요. 당신이 좋아하는 미역국 끓여놓았어요."

"아주 맛있겠는걸……."

지휘는 '냠냠' 소리를 내며 먹는 시늉을 했다.

"그게 뭐야, 정성껏 차린 밥상인데… 진짜 맛을 보아야지."

나는 국그릇을 지휘에게 내밀었다.

"어서."

나의 장난스런 눈을 쳐다보며 지휘는 정말 소꿉놀이 그릇에 담긴 미역국을 쭉~ 들이키는 것이었다.

"새색시라서 그런지 음식 솜씨가 형편없는걸. 짜기만 하고 말야."

"어머, 그걸 진짜 먹으면 어떡해?"

"어디 보자, 또 무슨 반찬을 해놓았나? 오호~ 자기가 좋아하는 음식만 실컷 해놓았네. 자, 우리 색시 좋아하는 게 한번 먹여줄까?"

"안 돼, 안 돼. 난 싫어, 나는 싫어."

내 꾀에 내가 빠진 셈이다. 나는 자리를 털고 일어나 도망치기 시작했다. 지휘는 게를 집어 들고 나를 좇았다. 초여름의 바닷가에 우리 두 사람의 웃음소리가 그동안 쓸쓸하게 바다를 지키고 있던 모래와 해초와 조개무지 위로 울려 퍼지고 있었다.

"여름아, 우리가 왔어. 바다야, 조금만 기다려. 또 만나러 올게……."

먹다 남은 캔 맥주와 오징어 땅콩, 그리고 쥐포가 널브러진 거실에서 지휘는 TV에서 심야 연주회를 보며 지휘자를 따라 흉내를 내고 있다. 그리고 나는 졸린 눈을 비비며 소파 위에 누워 지휘의 모습을 잠기는 눈으로 지켜보고 있다. 온통 우리 세상인 것이다.

"들어가서 자."

"여기가 좋아. 바다 냄새도 나고……."

"그래도 들어가."

"그래도 싫어."

"그럼 말아."

"그래, 말 거야."

"하하하하."

지휘는 갑자기 웃음을 터뜨렸다.

"허허허허."

나도 따라 웃었다.

저녁을 대강 때웠더니 자정 넘어 배가 고파지기 시작했다. 소
파 위에서 잠이 들었던 내가 먼저 부스스 일어났더니 지휘도 마
침 배가 고팠나 보다.

"같이 먹자!"

지휘가 앞질러 말했다. 그래서 우리는 세상에서 제일 맛있는
라면을 끓였다. 그리고는 저녁때 아껴두었던 와인을 따라 마셨
다. 매콤한 라면 국물과 달콤한 와인이 전혀 조화를 이루지는 못
했지만 까만 밤하늘에 외로이 걸려 있는 달과 별이 우리에게 안
주를 제공해 와인 한 병을 둘이서 뚝딱 비우고 말았다. 그리고 온

몸에 퍼진 술이 내게 진실을 말하라고 강요하고 있었다.

"지휘야!"

"응?"

"나도 사랑이 뭔지 알게 되었어."

"사랑은?"

"사랑은 필요한 거야!"

지휘는 알겠다는 표정으로 나를 보았다.

"그게 너야. 넌 내게 필요한 거야."

"키스해도 돼?"

나는 고개를 끄덕였고 지휘는 내게 키스를 했다. 쪽~ 하고 소리가 나는 맛있는 키스였다.

"자신있는 답을 찾은 거야?"

"너무 쉬운 문제라 오히려 어렵게 느껴졌었나 봐.

지휘는 그렇게 나를 음미하며 다시 키스했다. 그리고 나의 어깨에 걸린 셔츠를 내리고 내 어깨에도 키스를 했다. 나는 조금 긴장했다. 사랑한다는 말! 물론 우리는 태어나면서부터 서로를 사랑했다. 어느 한순간에도 서로를 사랑하지 않은 적은 없었을 것이다. 그러나 이제 우리에게 함께 공부를 하고 함께 밥을 먹고 함께 영화를 보는 것 외에 함께 할 수 있는 것이 하나 더 생겼다는 것이 사랑이라는 말을 조금 긴장되게 만들어주고 있었다.

"저기… 지휘야!"

"응?"

"나는… 그니까……."

"그날이야?"

"아니, 그게 아니라……."

"왜 그래?"

"그니까 이거보다는 너랑 같이 TV 보는 게 더 좋은 거 같아."

지휘는 조금 멋쩍어하면서 말했다.

"여기까지만 하려고 했어."

"거짓말."

"진짜야."

"그럼 생리하냐고 왜 물어본 건데?"

"너는 어째 대충 넘어가는 법이 없어."

지휘의 얼굴이 발갛게 달아올랐다.

"사실은 나도 너랑 TV 보는 게 더 좋아!"

지휘는 자리에서 벌떡 일어나더니 TV를 켰다. 하지만 새벽 3시
에 방송이 나올 리 없었다. 지지직거리는 TV 앞에서 한참을 리모
콘과 실랑이하는 지휘를 뒤에서 끌어안으며 말했다.

"이 시간에 TV가 나오겠어. 그냥 그거 하자!"

"아냐, 오늘은 특별한 날이니 할지도 몰라!"

"오늘이 특별한 날이라고?"

"응, 오늘은……."

"오늘은?"

"밸런타인데이야, 오늘은."

"에이~ 순 엉터리. 지금은 6월이야! 밸런타인데이는 2월이라구."

"정말이야, 밸런타인데이."

"그래, 그럼 밸런타인데이라 하자. 소영이와 지휘의 섹시 밸런타인데이."

"거봐! 오늘은 특별한 날이잖아."

"좋아?"

"응 좋아. 섹시 밸런타인데이라 좋아!"

나는 지휘의 넓은 등에 얼굴을 묻고 쿡쿡거리며 웃었다. 지휘만 내게 있으면 언제나 특별한 날이 될 수 있을 것 같았다.

역시 우리 여행의 핵심은 잠이었다. 우리는 밤새 수다를 떨고 낮에는 마루를 구르며내내 낮잠을 잤다. 그리고 다시 해질녘이 되어서야 밖으로 슬금슬금… 나왔다.

the end

지휘야, 해 떨어지겠다.

이게, 못하는 소리가 없네···
애가 왜 떨어져. 무슨 애를 가졌다고!!

아니, 애가 아니고 해······.

아, 맞다. 해!!

작가 후기

'섹스'라는 것은 어디까지나 개인적인 영역에 속한다.

자물쇠 달린 일기장에 꽁꽁 숨겨두어야 할 만큼 유난스러운 비밀도 아니지만, 필요 이상 떠들어댈 만큼 가벼운 존재도 아닌 것이다.

그러한 것을 가지고 한바탕 소동을 벌이(는 이야기를 쓰고 있)자니 종종 헷갈릴 때가 있었다. 그리고 그 물음은… '섹스가 뭔데'에서 시작해 점점… '사랑이 뭔데'로 변해가게 되었다.

몸 따라 마음 가면… 구닥다리 취급을 받는 세상이지만, 역시나 몸과 마음은 떨어질 수 없기에… '놀이'라고 할 만큼 간단한 건 아니라는 생각 때문이었던 것 같다.

그렇다고 이 책을 통해 섹스의 사회적 의미(?)와 존재의 이유(?) 등에 관한 얘기를 하고 싶지는 않았다.

"첫경험 아닌가?"

누구든 서툴고… 어색하기만 했을… 그래서 '떨림'이라는 말로 대신 기억될 수 있는……

2004. 5월 하루美

꼬득여 준 언니에게 고마움을 전한다.
그리고 손꼽아 기다렸을 친구들에게 한마디!
『처녀비행』은 나의 고민에서 비롯된 이야기가
'절대' 아님을 강조한다.